W0233412

d

Hartmut Lange

Der Wanderer

Novelle

Diogenes

Ich bedanke mich für
die Mitarbeit meiner Frau

Merkwürdig: Wenn seine Frau sich räusperte, war dies für Matthias Bamberg neuerdings ein Grund, aufmerksam zu sein. Nicht, daß es ihn störte. Warum sollte sie sich nicht gelegentlich räuspern, er räusperte sich schließlich auch. Und doch, seit einigen Tagen, oder waren es Wochen, kam es ihm vor, als würde das kurze, trockene, an und für sich belanglose Geräusch im Innersten an ihm rühren.

›Unsinn‹, dachte er und nahm sich vor, der Sache keinerlei Bedeutung beizumessen.

Am Nachmittag war er wieder mit der Konzeption seines neuen Romans beschäftigt. Worüber schrieb er diesmal? Dazu wollte sich Bamberg nicht äußern. Er deutete lediglich an, daß er gezwungen sein würde, genaue Recherchen zu machen. ›Der Wanderer‹ sollte das Werk heißen. Mehr war von ihm nicht zu erfahren, und auch seine Frau, die er sonst immer ins Vertrauen zog, blieb diesmal auf Mutmaßungen angewiesen. Sicher, immer noch hatte Bamberg die Angewohnheit, bevor er etwas zu Papier brachte, darüber zu reden. Meist waren es Erlebnisse, von denen er sich anregen ließ. Diesmal erwähnte er, daß er einem alten, beinahe schon vergessenen Freund begegnet sei.

»Stell dir vor«, sagte er, »er hat mich von hinten, als ich dabei war, die Straße zu überqueren, umarmt. Natürlich, wir standen auf dem Mittelstreifen und hatten wenig Zeit. Aber so viel habe ich doch erfahren: Er ist siebzig Jahre alt geworden«, fügte Bamberg hinzu, und ehe seine Frau dazu kam, ihm Fragen zu stellen, saß er an seinem Schreibtisch und hatte das Notebook eingeschaltet.

Am Abend las er in einer Buchhandlung aus seinem letzten Roman. Das Zimmer war überfüllt. Man klatschte ihm zu. Kein Wunder: Matthias Bamberg war bekannt dafür, daß er im Einverständnis mit seinen Lesern war. Alles, was er vortrug, war irgendwie überzeugend, und was das Wichtigste war, man konnte, weil es diesem Schriftsteller immer wieder gelang, auch dem ernstesten Sachverhalt etwas Komisches abzugewinnen, auf überlegene Weise darüber lachen.

Nach der Lesung, nachdem Bamberg das Buch zugeklappt, nachdem man ihn aufgefordert hatte, über seine Zukunftspläne zu reden, erwähnte er, was er am Vormittag schon seiner Frau gegenüber getan hatte, daß er vorhabe, etwas unter dem Titel ›Der Wanderer‹ zu schreiben. Und wieder war die Zustimmung groß, denn darüber war man sich einig: Wenn solch ein ironischer, überlegener Kopf auch noch anfangen würde, womöglich die Jogger und Spaziergänger aus dem Grunewald ins Visier zu nehmen, darauf durfte man gespannt sein.

Am Tag nach der Lesung, als Bamberg am Arbeitstisch saß, bemerkte seine Frau, daß er, anstatt, was er geschrieben hatte, in dem Notebook zu überprüfen und anstatt, wie es seine Gewohnheit war, alles, um es gründlicher korrigieren zu können, erst einmal auszudrucken, daß er statt dessen aus dem Fenster sah.

Offenbar verfolgte er den Rauch, der aus dem schmalen Aluminiumrohr aufstieg. Über den Dächern verfing sich der Wind, so daß der Rauch in Fetzen hierhin und dorthin gezogen wurde. Dies sah Anita Bamberg, während sie die Tür zum Arbeitszimmer ihres Mannes schloß, und es war der allerflüchtigste Eindruck, dem sie keinerlei Beachtung schenkte. Er aber, Matthias Bamberg, schien irgendwie gebannt zu sein. Er sah immer nur auf die Öffnung des Aluminiumrohrs, sah, wie der dichte Qualm, der ins Freie hinausdrängte, von einem Wirbel erfaßt wurde und wie er sich an der äußersten Kante der Regenrinne wieder sammelte und, es geschah völlig übergangslos, verschwand.

Am Nachmittag fuhr Bamberg zum Schlachtensee, um die Jogger zu beobachten. Unübersehbar, wie hier, in einem unbedingten Willen zur Gesundheit, gekeucht und geschwitzt wurde. Fast jeder warf die Hacken, ruderte mit den Armen. Ob unter- oder übergewichtig, jeder versuchte, koste es, was es wolle, einen Dauerlauf durchzuhalten.

›Eine besonders unappetitliche Art von Eigenliebe‹, dachte Bamberg, und es zuckte ihm in den Fingern, das Notizbuch aus der Jackentasche zu ziehen, um einige sarkastische Bemerkungen zu notieren.

Er unterließ es, ging weiter, sah zuletzt nur noch auf den See hinaus. Nicht daß er auf die Ruderboote achtete, die auf der glitzernden Fläche unterwegs waren, oder auf die Haubentaucher, die verschwanden und von denen man nicht wissen konnte, wann und wo sie einige Meter weiter wieder auftauchen würden. Vielmehr ging sein Interesse über alles, was er sah, hinweg, und nachdem er den See hinter sich gelassen, nachdem er den Parkplatz erreicht hatte, um in sein Auto zu steigen, wußte er nicht zu sagen, weswegen er hergekommen war. Trotzdem geschah es, daß er seiner Frau, während sie zu Mittag aßen, versicherte, daß der Spaziergang erfolgreich gewesen sei. Das Telefon klingelte, Matthias Bamberg verhandelte mit dem Redakteur einer großen Wochenzeitschrift.

›So fängt es immer an‹, dachte Anita Bamberg. ›Bevor die erste Zeile geschrieben ist, hat er sie schon verkauft. Und ein Jahr später‹, dachte sie, ›ist das Manuskript fertig.‹ Wie war doch der neue Titel? ›Der Wanderer‹, dachte Anita Bamberg, und nachdem der Tisch abgeräumt, nachdem Gläser, Teller und Besteck im Geschirrspüler verschwunden waren, war es nur selbstverständlich, daß Bamberg in seinem Arbeitszimmer saß, um den Text, den er dem Redakteur versprochen hatte, so rasch wie möglich in den Computer einzugeben.

Anita und Matthias Bamberg hatten vor kurzem erst geheiratet, lebten aber schon seit Jahren zusammen in einer Altbauwohnung. Er hatte sich die vorderen Räume eingerichtet, sie das Berliner Zimmer und die Kammer, die auf den hinteren Korridor hinausging. Es gab ein Bad und eine Extratoilette. Gegessen wurde in der Küche, deren Dienstboteneingang durch einen Schrank verstellt war. Aber die eiserne Tür war intakt, und es existierten noch die Schlüssel, so daß sie ihre Wohnung, gesetzt den Fall, sie würden den Schrank zur Seite schieben, auch über einen zweiten Zugang, über die Treppe im Seitenflügel des Hinterhauses, hätten erreichen können. Hatten sie Kinder? Nein. Er, Matthias Bamberg, war auf das Bücherschreiben fixiert, sie, Anita Bamberg, hatte sich als Übersetzerin aus dem Italienischen und Spanischen einen Namen gemacht. Sie dachten daran, sich im Norden, vielleicht an der Ostseeküste, ein Apartment zu kaufen, und nach längerem Zögern, wie gesagt, hatten sie endlich geheiratet, und damit schien alles, was das tägliche Miteinander betraf, geregelt.

Am nächsten Morgen bemerkte Anita Bamberg, daß die Tür zum Arbeitszimmer ihres Mannes sperrangelweit offenstand. Er hatte den Text, den er dem Redakteur versprochen hatte, fertig und war schon auf dem Weg zum Briefkasten. Der Monitor flimmerte, auf dem Schreibtisch lag ein Packen Din-A4-Umschläge. Sie ging zum Fenster, sah auf den Briefkasten, der an der Straßenecke angebracht war, und da sie ihren Mann nicht entdecken konnte, ging sie zur Wohnungstür, die sie einen Spaltbreit öffnete, und sie nahm sich vor, ihm, sowie sie seine Schritte auf der Treppe hören würde, entgegenzugehen. Sie wollte ihm sagen, wie toll sie es fände, daß er wieder einmal alles so schnell erledigt hätte. Sicher, eine gewisse Gereiztheit war schon dabei, denn dies war ein ständiger Grund für Anita Bamberg, eifersüchtig zu sein: Sie arbeitete an ihren Texten überaus langsam, während ihm, Matthias Bamberg, alles leicht von der Hand ging.

»Mein Lieber«, wollte sie sagen und ihm auf die Schulter klopfen, »das waren keine zwei Tage Arbeit. Und wenn das«, wollte sie hinzufügen, »was ich demnächst zu lesen bekomme, auch noch gut sein sollte, dann mußt du, weil du zu viel Zeit hast, ab sofort die Fenster putzen.«

Sie stand auf dem Treppenabsatz, beugte sich über das Geländer, aber wer dort mühelos die vier Treppen heraufkam, war nicht der, auf den sie wartete. Es war jemand, der, nachdem sie ihm Platz gemacht hatte, grußlos an ihr vorüberging.

3

Auf den Redakteur der Wochenzeitschrift, auf Frank Geiger, konnte sich Bamberg jederzeit verlassen.

»Komm herein«, sagte der Redakteur, gab Bamberg die Hand. »Komm herein«, wiederholte er, und Minuten später saßen sie in einem überheizten Raum, tranken Mineralwasser, und Bamberg fiel auf, daß Geiger, als fühle er sich ungemütlich, auf der äußersten Kante seines Stuhles saß und daß seine Aufmerksamkeit auf die offene Tür gerichtet war, die in den Nebenraum führte.

Offenbar war dort jemand beschäftigt. Man hörte das Rascheln von Papier, und Geiger sprach davon, daß es ihm noch nicht gelungen sei, den Text, den Bamberg ihm zugeschickt hatte, in der Redaktion durchzusetzen.

»Wäre es nach mir gegangen, wäre er längst erschienen. Aber die da«, sagte er und wies mit dem Finger auf die offene Tür, »sie will neuerdings das letzte Wort haben.«

Er wirkte müde. Ständig hielt er die Augen gesenkt, so daß man den Eindruck gewann, er würde, auch wenn er den Kopf hob, immer nur auf den Boden sehen. Im Nebenraum wurde ein Stuhl zur Seite gerückt. Jene, von der Geiger gesprochen hatte, erhob sich von ihrem Tisch, ging ein paar Schritte auf die offene Tür zu, aber sie wollte sich nicht zeigen. Die beiden sahen auf die Tür, die sich langsam in Bewegung setzte, bis sie schließlich ins Schloß fiel, und Bamberg wunderte sich, daß dies so sanft und leise geschah.

»Ja, so ist das«, sagte Geiger. »Jeden Tag werden die Karten hier, wie man so sagt, neu gemischt. Aber noch ist nichts entschieden. Ruf mich doch um fünf, nein besser gegen sechs Uhr an«, fügte er hinzu, »dann können wir ungestört miteinander reden.«

Noch vor der verabredeten Zeit klingelte in der Bambergschen Wohnung das Telefon, und das Gespräch, das Bamberg mit seinem Freund Geiger führte, dauerte über eine Stunde. Was sie genau besprachen, war von der Kammer aus, in der Anita Bamberg arbeitete, nicht auszumachen. Aber soviel wurde deutlich: Es gab Schwierigkeiten, und offenbar war der Redakteur darauf aus, sich näher zu erklären.

Sie hörte, wie ihr Mann versicherte, es sei

kein Problem für ihn, und wie der andere immer wieder zu längeren Ausführungen ansetzte. Zuletzt wurde geschwiegen. Es dauerte eine Weile, ehe Bamberg und, wie ihr schien, ohne ein Wort der Verabschiedung, den Hörer auflegte, und er kam nicht wie sonst, wenn er ein wichtiges Gespräch geführt hatte, zu ihr, um darüber zu reden. Nein, diesmal verschwand er in seinem Arbeitszimmer.

›Es wird nichts Wichtiges gewesen sein‹, dachte sie und beugte sich über die Korrekturbögen, mit denen sie beschäftigt war.

Sie hatte Mühe, sich zu konzentrieren. Irgendwann ging sie in die Küche, um Tee aufzubrühen, und als sie mit der Tasse, die für Bamberg bestimmt war, in dessen Arbeitszimmer trat, bemerkte sie, daß auch er, obwohl das Notebook eingeschaltet war, nicht arbeitete. Statt dessen sah er aus dem Fenster, und offenbar verfolgte er wieder den Rauch, der aus einem Aluminiumrohr aufstieg: Über den Dächern verfing sich der Wind, so daß der Rauch in Fetzen hierhin und dorthin gezogen wurde. Es war, wie einmal schon, der allerflüchtigste Eindruck, dem Anita Bamberg keinerlei Beachtung schenkte. Ihr Mann aber wies mit dem Finger auf das Aluminiumrohr und sagte:

»Es ist immer nur Rauch, der dort aufsteigt und über der Dachrinne verschwindet.«

»Was sollte es sonst sein«, antwortete Anita Bamberg, stellte ihm die Tasse mit dem Tee hin, und als sie sich räusperte, hob er den Kopf und sah ihr ins Gesicht.

4

Ja, der Rauch, der jetzt, es war Mitte Oktober, aus dem Aluminiumrohr aufstieg! Er war von dem Fenster des Arbeitszimmers aus, das im vierten Stock lag, nicht zu übersehen, und er änderte ständig seine Farbe. Einmal war er schneeweiß, dann wieder schwefelgelb, obwohl dort unten in den Kellerräumen, wo der Brenner stand, immer das gleiche Öl verbrannt wurde. Wenn es stürmisch war, wurde er hinweggerissen, wenn Windstille herrschte, sah man, wie dicht die Masse war, die träge aus dem Aluminiumrohr nachdrängte, und manchmal konnte es vorkommen, daß er wie von unsichtbarer Hand über die Dachrinne hinweg in die Tiefe gezogen wurde. Dann roch es im Hof, und man war gezwungen, die Fenster zu schließen. Meist aber war es so, daß der Rauch, vielleicht weil der Wind sich in den Dächern verfing, mit sanfter Gewalt hierhin und dorthin gedrängt wurde und zu wirbeln begann.

›Als wäre da ein vergebliches Beharren‹, dachte

Matthias Bamberg. ›Und man weiß nie, warum er, wie eben jetzt, die Farbe wechselt.‹

Er schaltete das Notebook ein. Man hörte, wie er mit den Fingern über die Tastatur fuhr. Dies dauerte eine gute Stunde, und als er fertig war und die zweieinhalb Seiten ausgedruckt hatte, durfte man sich fragen, warum er wieder und ausschließlich seine Beobachtungen, das Aluminiumrohr und den Rauch betreffend, zu Papier gebracht hatte. Dies hatte er schon einmal getan und seinem Freund Geiger als erstes Kapitel seines neuen Romans zugeschickt, und er wunderte sich selbst darüber, wie hartnäckig er an einer flüchtigen Erscheinung festhielt, die nichts weiter bedeutete, als daß der Hausmeister die Zentralheizung in Gang gesetzt hatte. Was er auf dem gegenüberliegenden Dach beobachtete, wiederholte sich, auch wenn ihm die Sicht darauf genommen war, zehn-, nein hunderttausendmal in dieser großen Stadt. Überall wurde geheizt, und überall mußte deswegen Rauch aus einem Aluminiumrohr oder einem gemauerten Schornstein aufsteigen!

Am Nachmittag saß Bamberg mit seiner Frau im Berliner Zimmer und erkundigte sich danach, wie sie mit ihrer Arbeit vorankäme. Sie übersetzte einen Roman aus dem Italienischen, und was ihr besonders gefiel, war die unerbittliche Art, mit der hier auf politische Belange aufmerksam gemacht wurde.

Zugegeben, das Schicksal eines Journalisten unter dem Salazarregime war kaum noch aktuell, aber darauf kam es nicht an. Es war die Repression, die angeprangert wurde, es war die Gesinnung des Autors, die sich ebensogut an einem anderen Geschehen hätte festmachen können. Und daß dies in einem Stil geschah, der die polizeilichen Verhörmethoden auf artifizielle Weise nachahmte, begeisterte Anita Bamberg, so daß sie ihrem Mann daraus vorlas.

»Er schreibt beinahe wie du«, sagte sie. »Nur daß ihm die Ironie fehlt.«

Bamberg hörte zu, gab Anregungen, wie man die Sache hier und dort sprachlich schärfer fassen könnte, schien sich aber zu langweilen.

»Es riecht im Zimmer«, sagte er plötzlich.

»Von woher sollte es riechen?«

»Na, von draußen«, antwortete Bamberg, und als seine Frau erklärte, daß dies unmöglich wäre, die Fenster seien geschlossen, bestand er darauf, daß es schon einmal so gewesen sei. »Wenn der Wind die Richtung wechselt und alles in den Hof gedrückt wird. Die Fenster sind nicht dicht«, fügte er hinzu.

Am späten Abend, bis über Mitternacht hinaus,

saß Bamberg in seiner Wohnung vor dem Fernseher, um sich Reportagen anzusehen. Die Welt war wieder einmal aus den Fugen. Man sah Hubschrauber, die mit Raketen auf fahrende Autos schossen, steinewerfende Jugendliche, die Barrikaden errichtet hatten, man sah Panzer, die Häuserblocks niederwalzten. Es gab Grund zur Entrüstung und Anteilnahme, aber da Bamberg den Ton abgeschaltet hatte, blieb lediglich das Geflimmer rasch wechselnder Bilder übrig, und er ärgerte sich, weil er von dem Eindruck nicht loskam, alles, was er gesehen hatte, wäre nichts anderes als eine Ansammlung von Erscheinungen gewesen.

Nachdem er sich ins Bett gelegt hatte, war er froh, daß seine Frau schon schlief. Ihm selbst war es nie möglich, sofort einzuschlafen. Er hörte auf den tiefen, ruhigen Atem neben sich, und hätte sich Anita Bamberg jetzt geräuspert, wer weiß, vielleicht, weil er so überkonzentriert war, wäre es ihm möglich gewesen herauszufinden, warum er darauf neuerdings so empfindlich reagierte. Er spürte, wie still es war. Man konnte wirklich nicht sagen, daß keine Nachtruhe herrschte. Tagsüber war das Mietshaus voller Geräusche, jetzt hörte man nicht einmal die Katzen auf dem Hof schreien.

Und doch: Bamberg wollte sich nicht täuschen lassen. Die Stille war vollkommen, aber ging da nicht oben jemand hin und her, und wurden da nicht, es war weit weg, ununterbrochen Möbel gerückt?

›Unsinn‹, dachte Bamberg, ›wie komme ich dazu, mir derartiges einzubilden.‹

Damit waren die Geräusche wieder verschwunden, aber daß die Stille, die im Haus herrschte, irgendwie nicht verläßlich war, dafür hätte er sich, bevor er einschlief, verbürgen können.

5

W as ist mit dir?« fragte Frank Geiger und wollte nun ernsthaft wissen, warum auf den wenigen neuen Seiten, die Bamberg ihm übergeben hatte, wieder nichts anderes beschrieben war als jene Vorgänge auf dem gegenüberliegenden Dach, die Bamberg vom Fenster seines Arbeitszimmers aus beobachtete. Es war immer dasselbe, und es war vollkommen klar, daß diese Ausführlichkeit, die sich auf einen einzigen flüchtigen Eindruck bezog, nur eine besonders raffinierte Art und Weise sein konnte, um auf etwas anderes hinzuweisen.

»Worauf willst du hinaus?« fragte Geiger.

Bamberg erklärte, daß er dies noch nicht beantworten könne, daß er aber sicher sei, es herauszufinden, wenn er sich nur nicht ablenken lassen und weiterhin gründlich recherchieren würde.

»Sicher«, fügte er hinzu, »daß da ein paar Tauben auf dem Dach herumflattern und daß aus einem gebogenen Stück Blech Rauch herausquillt, das kann man mit wenigen Zeilen erledigen. Aber warum«, fragte er, »sammelt sich der Rauch, nachdem er vom Wind erfaßt und in die Länge gezogen wurde, am äußersten Rand der Dachrinne, und warum, es geschieht völlig übergangslos, verschwindet er plötzlich? Und wohin!«

Frank Geiger sah ihn an. Er staunte über den Freund, dessen rasanten, auftrumpfenden, die Syntax wie ein Florett handhabenden Stil er entdeckt und zur Geltung gebracht hatte. »Hier wird die alte, verbrauchte Grammatik wie in einem Labor zu neuen Kristallen hochgezüchtet«, hatte er geschrieben. Und jetzt quälte sich eben dieser Freund mit einem immer gleichen, mäßig formulierten Text ab. Ja, was sollte er ihm sagen? Sollte er sagen, daß es keinerlei Chance gab, dergleichen in seiner Zeitschrift abzudrucken!

Vom Nebenzimmer hörte man ein Räuspern, dann das Rascheln von Papier. Geiger gab Bamberg die Manuskriptseiten zurück, die dieser in die Jackentasche schob.

»Stört dich das Räuspern?« fragte Bamberg.

Geiger runzelte die Stirn, wußte nicht, was der andere damit meinte, und Bamberg wußte es offensichtlich selber nicht, oder zumindest: Er zog es vor, nicht weiter darauf einzugehen.

»Und du meinst«, sagte er statt dessen, »daß es

sich nicht lohnt, auf gewisse Erscheinungen zu achten?«

»Nein«, antwortete Geiger, »da ist nichts weiter. Mach dir keine Gedanken, geh nach Hause, setz dich an den Schreibtisch, und finde zu deiner alten Form zurück.«

Sie verabschiedeten sich, und nachdem Bamberg wieder in seiner Wohnung war, ging er zum Bücherregal und griff nach einem Taschenbuch. Es hatte annähernd tausend Seiten, überall gab es Lesezeichen, die wie Lappen heraushingen. Bamberg zog sich mit dem Buch unter eine Stehlampe zurück und begann darin zu blättern. Er überprüfte Passagen, die er mit einem Bleistift angestrichen hatte. Es waren Passagen, die er bewunderte und in denen nichts weiter beschrieben wurde, als daß eine gewisse Mary in ihrem Zimmer saß und auf jemanden wartete. Dabei sieht sie aus dem Fenster auf einen Taxistand, sieht, wie die Wagen, da am unmittelbaren Stand wenig Platz ist, gezwungen sind, auf der gegenüberliegenden Kreuzung zu parken und wie sich Wagen für Wagen über die Kreuzung hinweg einfädelt und wie dieser Eindruck, je länger Mary ihn beobachtet, die Enge ihres Zimmers sprengt. Es ist wie ein gläsernes Schweben, das dauert und dauert, bis sie zuletzt, weil es an der Wohnungstür klingelt, zusammenschreckt.

»Es gehörte«, las Bamberg, »dieses gleichmä-
ßige Abfädeln der Wagen dort am Ende der Gasse
für Mary zu den Selbstverständlichkeiten und Unbegreiflichkeiten dieser Wohnung hier durch all
die Jahre.«

›Ja, Unbegreiflichkeiten‹, dachte er und war überzeugt, daß dies und Ähnliches, was in dem Roman
sicher wie absichtslos oder um das Atmosphärische
zu bereichern, aufgeschrieben worden war, daß
dies, trotz der achthundert Seiten, die noch folgten, wert war, besonders beachtet zu werden.

In der Küche wurde es unruhig. Offenbar wurden Teller gegeneinander verschoben, Besteck fiel
in einen Auffangkorb, der Wasserhahn wurde auf-
und wieder abgedreht, danach Stühlerücken. Unverkennbar, daß Anita Bamberg mit Abwasch- und
Aufräumarbeiten beschäftigt war. Es war nichts
Ungewöhnliches, und es war auch nicht so, daß das
Hantieren, da der schmale Korridor dazwischen
lag, Bamberg in seiner Abgeschiedenheit hätte stören können. Und doch, vielleicht, weil ihm durch
den Roman, in dem er blätterte, etwas ins Bewußtsein gerückt worden war, wieder begann er genauer hinzuhören, und wieder ertappte er sich dabei,
wie er darauf wartete, ob seine Frau sich räuspern
würde. Er erhob sich, ging in die Küche. Eine Weile sah er ihr bei der Arbeit zu.

»Übrigens, was ich vergessen habe«, sagte er, »es gibt da oben ein viereckiges Fenster, das ins Freie hinausführt und das sich bei stickiger Luft automatisch öffnet. Und nun ist klar«, fügte er hinzu, »warum es neulich in unserer Wohnung roch. Weil der Rauch vom gegenüberliegenden Dach, wenn der Wind ungünstig steht, von dort ins Treppenhaus eindringt.«

Er nahm ein Glas aus der Spülmaschine, füllte es mit Leitungswasser. Anita Bamberg, die direkt neben ihm stand, wartete ab, bis er das Glas leer getrunken hatte. Sie wollte etwas erwidern, kam aber nicht dazu.

»Es sind immer nur die Erscheinungen, von denen man wünscht, man könnte ihnen auf den Grund kommen. Findest du nicht auch?« fragte Bamberg und ging ins Berliner Zimmer zurück.

6

›Da oben‹, damit war der Dachboden gemeint, den man vor wenigen Jahren erst ausgebaut hatte, um Platz für Büroräume zu schaffen. Bamberg hatte sich nie darum gekümmert, hatte auch nie wissen wollen, wie die neue Etage aussah. Aber jetzt, nachdem er glaubte, dort nachts Schritte gehört zu haben, und da es ihm nicht gelungen war, herauszufinden, welchen Weg sie genommen hatten, jetzt beschloß er, sich die obere Etage einmal anzusehen.

Noch vor dem Frühstück ging er die wenigen Stufen hinauf, entdeckte eine Tür aus Glas, die sich öffnen ließ, und dahinter einen langgestreckten Korridor, der hart an dem hinteren Schrägdach entlang ins Nebenhaus führte. Bamberg trat ein, las die Schilder, die rechts von der Tür angebracht waren. Es gab einen Steuerberater mit dem Namen Gräsicke, ein Ingenieursbüro, irgendeine Filiale, die nicht näher ausgewiesen war. Die meisten der Schilder waren unbeschriftet, und da der

Flur eng war, die Fenster im Schrägdach aber überproportional groß, hatte man das Gefühl, man würde vom Hof aus beobachtet und man könnte sich in dieser Kahlheit und im Anblick der häßlich grauen Türen unmöglich aufhalten.

Bamberg ging ins Treppenhaus zurück, lehnte sich über das Geländer. Er hörte, wie sich vom Parterre her der Fahrstuhl in Bewegung setzte. Es war ein unterdrücktes Surren, das zehn, zwanzig Sekunden andauerte, und nachdem sich der Fahrstuhl im obersten Stock wieder geöffnet hatte, kam er nicht mehr dazu, sich zu vergewissern, wer da die wenigen Schritte zur Glastür ging, um dahinter, sie schloß sich mit einem leisen Klappton, auf dem Korridor zu verschwinden.

Als Bamberg mit seiner Frau am Frühstückstisch saß, sprach er davon, daß der Aufzug, der in die oberste Etage führte, ständig in Betrieb sei.

»Ich würde gern wissen, wie viele Leute täglich dorthin unterwegs sind«, sagte er und wies mit dem Daumen in Richtung Zimmerdecke.

»Einer geht immer zu Fuß«, sagte Anita Bamberg und versuchte, jenen zu beschreiben, der regelmäßig und beinahe mühelos die vier Treppen heraufkam und der es nicht ein einziges Mal, einmal sei sie zur Seite getreten, um ihn vorbeizulassen, für nötig befunden hätte zu grüßen. »Er geht einfach weiter«, fügte sie hinzu, »und kurz darauf hört man oben die Tür klappen.«

Bamberg gestand, daß er inzwischen wisse, um welche Tür es sich handele, daß sie nicht abgeschlossen sei und in einen Korridor hineinführe und daß ihn die Frage beschäftige, warum, wenn jemand auf dem Korridor unterwegs war oder in den Zimmern Möbel verrückt wurden, warum dies beinahe lautlos oder als wäre es weit weg geschah.

»Sie haben alles gut isoliert«, sagte Anita Bamberg. »Das ist heute kein Problem. Zuerst legen sie Platten aus Holzfasern, dann eine Schicht Plastikkügelchen, dann wieder Platten. Sei froh, daß wir in dieser Hinsicht keinen Ärger haben«, fügte sie hinzu, und Bamberg staunte, wie gut seine Frau über derart ausgefallene Dinge Bescheid wußte.

Er machte ihr Komplimente, sie lachte. Nochmals kamen sie auf denjenigen zu sprechen, der nie den Aufzug benutzte, immer zu Fuß und immer mit federnden Schritten die fünf Treppen in die oberste Etage unterwegs war. Auch daß er nicht grüßte, wurde nochmals erörtert und gab Anlaß zu Mutmaßungen. Dann versicherte Bamberg, daß er jetzt voller Ideen sei und Lust hätte, sich in sein Zimmer zurückzuziehen.

7

War Anita Bamberg berechtigt, an dem neuerlichen Benehmen ihres Mannes derart ungeduldig Anstoß zu nehmen, daß sie beschloß, mit
dem Redakteur der Wochenzeitschrift, Frank Geiger, Kontakt aufzunehmen? Sie bat ihn telefonisch,
was noch nie vorgekommen war, um ein Treffen irgendwo in der Stadt, am besten in einem Bistro, wo
man ungestört, sozusagen unter vier Augen, einen
Kaffee trinken konnte. Geiger sagte zu. Er kannte
Anita Bamberg nur flüchtig. Sie duzten einander
nicht, hatten wohl auch, obwohl Bamberg und
Geiger befreundet waren, wenig Sympathie für-
einander.

»Was kann ich für Sie tun?« fragte Geiger, nachdem er ihr aus dem Mantel geholfen hatte.

Anita Bamberg erkundigte sich nach Einzelheiten, die Arbeit des Redakteurs betreffend. Man
merkte ihr an, daß es aus Verlegenheit geschah,
und als sie fragte, warum der Romananfang ihres
Mannes immer noch nicht als Vorabdruck erschie-

nen sei, konnte sie eine gewisse Genugtuung nicht verbergen.

»Ich weiß auch nicht«, sagte sie, »warum er neuerdings mit seiner Arbeit nicht mehr zu Rande kommt.«

Und nun, obwohl sie von Geiger, der ihr gegenübersaß, ein Stück abgerückt war, sie schob den Stuhl nach hinten, schlug die Beine übereinander, begann zu rauchen, achtete darauf, daß sie den Rauch beim Ausatmen nicht in Geigers Richtung blies, nun begann sie darüber zu reden, daß Bambergs Benehmen sie beunruhigen würde. Aber was war es schließlich, worüber sie sich beschwerte: daß Bamberg aus dem Fenster sah, um die Windrichtung auf den Dächern zu beobachten? Daß er sich einbildete, die Wohnung sei nicht ausreichend gelüftet? Daß er sich plötzlich für die oberste Etage interessierte, in der Büros untergebracht waren? Oder für den Lärm im Treppenhaus?

»Mein Gott«, sagte Geiger, »wenn ich so eine Wohnung gemietet hätte und ich müßte in einem Zimmer schlafen, in dem ständig der Fahrstuhl zu hören ist, es würde mich auch nervös machen«, fügte er hinzu.

Sie schwiegen. Anita Bamberg bereute, daß sie so rasch und geradeheraus über Dinge geredet hatte, die nur sie und ihren Mann etwas angingen, und sie kam von dem Eindruck nicht los, daß jener dort, der umständlich, nachdem er ein Stück Zukker genommen hatte, mit dem Löffel in dem Kaffee herumrührte, daß auch Geiger in Schwierigkeiten war. Er wirkte lustlos, beinahe unhöflich. Irgendwann erhob er sich und ging, indem er eine Entschuldigung murmelte, zur Toilette. Anita Bamberg sah ihm nach, sah, daß er die Schultern hängen ließ.

›Ja‹, dachte sie, ›an dem ist die ewige Zeilenschinderei auch nicht spurlos vorübergegangen‹, und sie ertappte sich dabei, daß sie auch jetzt so etwas wie Genugtuung empfand. ›Über Matthias hat er jahrelang ganze Seiten geschrieben. Für mich hatte er nie ein Wort übrig. Ich bin eben nur eine Übersetzerin‹, dachte sie.

Als Geiger zurückkam, griff sie erneut zur Zigarette, und wieder achtete sie darauf, daß sie den Rauch beim Ausatmen nicht in seine Richtung blies.

»Sonst ist alles in Ordnung?« fragte Geiger plötzlich.

Er gab sich einen Ruck, war nun bemüht, das Gespräch fortzusetzen, und was Anita Bamberg nicht ahnte: Sie erinnerte ihn an jene, die in der Redaktion im Nebenzimmer saß und die, immer wenn sie sich gestört fühlte, zur offenen Tür ging und, anstatt auf die Schwelle zu treten, um ein paar freundliche Worte zu sagen, die Tür, ohne sich zu zeigen, leise ins Schloß fallen ließ. Geiger stellte sich vor, daß auch Anita Bamberg, die Lederhosen trug, und wieder hatte sie die Beine übereinandergeschlagen, daß auch sie sich derart unmöglich hätte benehmen können. Er dachte an das ewige Einerlei auf den Redaktionssitzungen, wo man ununterbrochen Kaffee trank und so tat, als hätte man wichtige Dinge vor. Und worum ging es schließlich?

›Wenn sie ihre Brillen zurechtrücken und anfangen zu reden, sehe ich regelmäßig aus dem Fenster, wie eben jetzt‹, dachte Geiger.

Er winkte den Ober herbei.

»Lassen Sie nur«, sagte er, als er sah, daß Anita Bamberg ihr Portemonnaie hervorzog, und es war selbstverständlich, daß er sie, bevor er mit seinem Wagen in die Redaktion zurückfuhr, an ihrer Haustür absetzte.

8

Konnte ein gelegentliches Möbelrücken, auch wenn es nachts geschah und direkt über dem Schlafzimmer, gedämpft und dennoch unüberhörbar, konnte dies merkwürdige, aber doch, wenn man die Gewohnheiten von Mitbewohnern bedenkt, normale Geräusch jemanden dermaßen irritieren, daß er sich genötigt sah, der Sache auf den Grund zu gehen?

Sicher, dort oben gab es keine Wohnräume, aber vielleicht war es der Steuerberater, der jeden Tag regelmäßig, statt den Fahrstuhl zu benutzen, zu Fuß im Treppenhaus unterwegs war, meist gegen neun Uhr morgens, abends konnte es spät werden. Er war über einen Meter achtzig groß, trug nie einen Mantel, und er grüßte nicht, wenn er an einem vorbeiging. Aber er wirkte deswegen nicht unhöflich. Vielmehr hätte man, wenn man genauer hinsah, erkennen können, daß er lächelte, und schließlich: Das Haus war groß, wo es Geschäftsräume gab, gab es Publikumsverkehr. Warum also sollte er

Leute, die er nicht kannte, vorbehaltlos grüßen? Auch Bamberg benutzte den Fahrstuhl neuerdings nicht mehr, und so war er jenem endlich begegnet, und er hatte versucht herauszufinden, wo dessen Büro lag und ob es möglich war, daß er sich dort die Nacht über aufhielt.

›Unser Schlafzimmer‹, dachte Bamberg, ›liegt direkt unter dem Korridor‹, und es konnte vorkommen, daß er so lange wach lag, bis er glaubte, von oben Geräusche zu hören.

Zuerst war es, als würde weiter nach rechts zu, dort, wo die Büroräume lagen, etwas über den Parkettboden geschleift, aber ging dann nicht, nach einer kurzen Stille, jemand den Korridor auf und ab?

Bamberg begann zu grübeln, was dies, falls es keine Täuschung war, zu bedeuten hatte. Und konnte jemand wirklich Grund haben, mitten in der Nacht derart rücksichtslos zu sein? Dies wollte er überprüfen. Er wollte das Bett verlassen und, ohne die Nachttischlampe einzuschalten, aus dem Zimmer gehen. Er wollte nach dem Bademantel greifen, um, sozusagen in aller Heimlichkeit, die wenigen Stufen zur Glastür hinaufzugehen. Dort hätte er sich von dem, was auf dem Korridor offenbar geschah, ein Bild machen können, aber plötzlich fiel ihm der Titel seines neuen Romans ein.

›Der Wanderer‹, dachte Matthias Bamberg und lag ganz still.

Dies geschah an einem Mittwoch. Eine knappe Woche später, am Dienstag, veröffentlichte die Wochenzeitschrift Bambergs neuen Romananfang, und das war nun allerdings eine Ermutigung.

»Du kannst sicher sein«, sagte Bamberg zu seiner Frau, »daß ich jetzt mit dem Recherchieren zügig vorankomme. Und ich werde dort oben«, sagte er und zeigte mit dem Daumen in Richtung Zimmerdecke, »ich werde dort oben«, wiederholte er, »auf die unauffälligsten Dinge achten.«

Er drängte seine Frau, den Text zu lesen, der den Vorabdruck kommentierte. Sie überflog die Zeilen.

»Wie gehabt«, sagte Anita Bamberg. »Kaum fängst du etwas an, schon liegst du wieder im Trend.«

Sie erklärte, daß sie Kopfschmerzen habe, zog sich in ihr Zimmer zurück. Bamberg ließ ihre Gereiztheit gelten. Als es dunkel wurde, ging er in das nahe gelegene Sushi-Restaurant, und seine Zuversicht und gute Laune waren derart, daß er es sich nicht nehmen ließ, seine Beobachtungen fortzusetzen. Das heißt, er achtete, nachdem er die Straße überquert hatte, auf die Fenster der Dachetage, sah, daß in den Büroräumen des Steuerberaters Licht brannte, und er sah, daß das Fenster zum Arbeitszimmer seiner Frau sperrangelweit offenstand. Dort war es dunkel.

›Hoffentlich geht es ihr besser‹, dachte Bamberg.

Im Restaurant zog er die Zeitschrift, die er mitgenommen hatte, aus der Jackentasche. Nochmals überprüfte er, was jene, die mit Geiger Tür an Tür saß, über den Anfang seines Romans zu sagen hatte.

»Nichts ist, wie es scheint. Oder vielleicht doch?« war da als Überschrift zu lesen.

Er fühlte sich bestätigt, lehnte es ab, darüber zu mutmaßen, wie es zu dieser Entscheidung gekommen war. Immerhin hatte Geiger vor kurzem noch erklärt, der Text sei in der Redaktion nicht durchzusetzen, und als Bamberg auf dem Heimweg war, als er die Kreuzung vor seinem Haus überqueren wollte, sah er hinter dem erleuchteten Fenster des Steuerberaters mehrere Schatten. Sie bewegten sich hierhin und dorthin. Er sah auf die Uhr. Es war halb zwölf, also akkurat die Zeit, in der dort oben, wie er glaubte, Möbel verrückt wurden. Dies wollte er in seinem Arbeitszimmer notieren, aber als er die Wohnung betrat, sah er, daß die Tür offenstand. Und hörte er nicht, und dies in absoluter Dunkelheit, die Stimme seiner Frau?

Er machte Licht, ging ins Berliner Zimmer, dann in die Küche. Er zögerte eine Weile, bevor er die Sache auf sich beruhen ließ, und nachdem er geduscht hatte, ging er in sein Arbeitszimmer und machte sich Notizen. Dann, er war noch einmal an der Tür, um sich zu vergewissern, daß sie abgeschlossen war, dann endlich, es war gegen ein Uhr nachts, betrat er das Schlafzimmer und fand alles so vor wie immer.

Seine Frau lag im Bett, und sie hatte, wie es ihre Gewohnheit war, sein Plumeau zurückgeschlagen. Über dem Kopfkissen lag der Schlafanzug, und nachdem Bamberg sich vorsichtig, um sie nicht zu stören, auf seiner Matratze ausgestreckt hatte, bemerkte er, wie tief und ruhig sie neben ihm atmete. Das Luftholen war kaum zu hören, aber wenn sie ausatmete, vibrierten ihre Lippen. Es war wie ein leises, sanftes Pusten, das ganz und gar gegenwärtig war. Dies konnte Bamberg von den Beobachtungen, die er an diesem Abend gemacht und in sein Notebook eingetragen hatte, nicht sicher sagen.

9

Am nächsten Tag saß Bamberg wieder im Redaktionszimmer seines Freundes Geiger, und er sprach davon, daß sich die Sache mit dem Räuspern aufgeklärt habe. Er lachte.

»Stell dir vor«, sagte er, »Anita behauptet, daß ich nachts gelegentlich schnarche und daß sie sich räuspert, leise, du verstehst, um mich nicht zu wecken.«

»Na und?« fragte Geiger.

»Ja, vielleicht war es das«, sagte Bamberg, fügte aber nichts hinzu.

Sie tranken ihr Mineralwasser, sprachen über dieses und jenes.

»Vorige Woche habe ich deine Frau gesehen«, sagte Geiger. »Keine Ahnung, warum sie mich ins Café bat. Sie wirkte irgendwie besorgt, sah übrigens gar nicht übel aus, obwohl sie Lederhosen trug.«

Dies sagte er, entschuldigte sich aber gleich wieder, weil er merkte, wie unangenehm Matthias Bamberg diese Bemerkung war. Aus dem Nebenzimmer hörte man eine Stimme. Es war wie ein Zuruf, und tatsächlich: Geiger erhob sich, öffnete, indem er etwas murmelte, die Tür und verschwand, das heißt, Bamberg konnte, da Geiger die Tür einen Spaltbreit offengelassen hatte, hören, wie er mit jener dort, die ihn gerufen hatte, redete. Es war ein ruhiger Wechsel zwischen einer angenehmen Frauenstimme und der etwas heiseren Art, mit der Geiger antwortete.

›Ja, die Lederhose‹, dachte Bamberg, wunderte sich, daß er in Gedanken immer noch damit beschäftigt war.

Sie war schwarz, hatte Reißverschlüsse, die vom unteren Saum bis zum Knie reichten, und wie oft hatte Bamberg gewünscht, seine Frau würde nicht jene Hosen, sondern das Kostüm anziehen, das er ihr vor Jahren geschenkt hatte!

›Und wenn sie dazu hochhackige Schuhe tragen würde und sich die Haare, wie früher, kürzer schneiden ließe, dann könnte sie wirklich gut aussehen‹, dachte Bamberg.

Statt dessen trug sie, wenn es nicht die Lederhose war, lange Faltenröcke, dazu weite Pullover, die sie kleiner machten, als sie war. ›Und die Schuhe‹, dachte Bamberg, ›warum kauft sie immer diese klotzigen Schuhe!‹

Als er wieder zu Hause war, wartete Anita mit dem Mittagessen. Es gab Matjeshering mit Pellkartoffeln, dazu gemischten Salat, den Bamberg besonders lobte, und er aß ausgiebig und etwas zu schnell, so daß seine Frau, die besonders langsam aß, ihn bitten mußte, hin und wieder Messer und Gabel abzulegen. Bamberg versuchte sich zu mäßigen. Er lächelte, richtete sich auf, drückte den Rücken gegen die Stuhllehne.

»Gestern abend war die Wohnungstür angelehnt, und ich glaubte, als ich eintrat, deine Stimme zu hören«, sagte er, ging aber nicht weiter darauf ein, weil er sah, daß seine Frau die Stirn runzelte.

Sie hatte offenbar andere Probleme, und es tat ihm leid, daß sie unter ihrer Erfolglosigkeit litt. Genauer: Es war eben das Elend ihrer Übersetzertätigkeit, daß sie, auch wenn man ihre Arbeit lobte und wenn sie, wie eben jetzt, mit wichtigen Texten beschäftigt war, daß sie ihren Namen immer nur kleingedruckt lesen mußte.

›Wer interessiert sich schon für eine Übersetzerin! Und sie werden schlecht bezahlt‹, dachte Bamberg. Andererseits fand er es ungerecht, daß seine Frau ihre Unzufriedenheit immer nur ihm anlastete. ›Was kann ich dafür, daß ich Erfolg habe‹, dachte er, spürte, wie nötig es war, endlich einmal mit ihr darüber zu reden.

»Geht dir die Art, wie ich neuerdings arbeite, auf die Nerven?« fragte er.

Sie gab keine Antwort.

Als sie sich erhob, um das Geschirr in die Spülmaschine zu räumen, sah er, daß sie unansehnlich wirkte und daß sie zu dem üblichen Faltenrock, ›und das in der Wohnung‹, dachte Bamberg, auch noch Schnürstiefel trug. Die Haare waren strähnig, und er kam von dem Gefühl nicht los, daß sie ihm auch dafür, käme es darauf an, die Schuld geben würde. Und ob er nun wollte oder nicht: Plötzlich hatte er ein schlechtes Gewissen. Er umarmte sie, flüsterte ihr etwas zu, etwas, das wie eine Entschuldigung gemeint war. Oder war es der Versuch, ihre schlechte Laune zu bessern, wenn er zuletzt vorschlug, alles, womit sie im Augenblick und auf so verbissene Weise beschäftigt waren, stehen- und liegenzulassen, um eine Woche zu verreisen.

»Wohin willst du verreisen?«

»An die Atlantikküste vielleicht«, sagte Bamberg.

Dies schien ihr zu gefallen. Sie räumte die restlichen Sachen vom Tisch, und nachdem sie ins Bad gegangen war, um sich die Zähne zu putzen, kam sie, die Zahnbürste noch in der Hand, in die Küche zurück und sagte: »Einverstanden.«

Sie kamen überein, nach Paris zu fliegen, aber erst, nachdem Bamberg seine Lesereise beendet haben würde. Das heißt, er wollte nach den drei Abenden, die der Verlag organisiert hatte, von Frankfurt aus starten.

»Du nimmst die Berliner Maschine um 10 Uhr 35, und wir treffen uns in Orly«, sagte Bamberg.

Er freute sich. Denn dies war seit Jahren nicht mehr vorgekommen, daß sie sich entschlossen hatten, zu zweit irgendwo am Strand herumzuliegen.

›Obwohl, es wird schon zu kalt sein‹, dachte Bamberg.

Die Lesungen, die er zu absolvieren hatte, waren öde. Nicht daß er keinen Erfolg gehabt hätte. Es wurde wie immer herzlich gelacht, aber er selbst fand die Texte, die ihn berühmt gemacht hatten, irgendwie schal, so daß er am letzten Abend Passagen aus seinem neuen Roman vortrug. Und nun hatte er Spaß daran, wie ratlos die Leute waren, wenn er minutiös von dem Rauch berichtete, der aus einem Aluminiumrohr aufstieg, oder wenn von einem gelegentlichen Möbelrücken über der Schlafzimmerdecke die Rede war oder wenn er ihnen umständlich auseinandersetzte, warum man vergessen haben könnte, eine Wohnungstür zu schließen.

»Hinter den harmlosen Dingen lauert das Entscheidende«, sagte er, und am nächsten Morgen, er hatte es vermieden, mit dem Buchhändler und dessen Freunden, wie es sonst üblich war, bis in die

Nacht hinein in einem Café zu sitzen, am nächsten Morgen fuhr er ausgeschlafen zum Frankfurter Flughafen, wo er Anita anrufen wollte, um sich zu vergewissern, ob auch sie die Koffer gepackt hatte und ob auch sie, wie er, voller Heißhunger darauf war, sich dem Wind, ja dem ewigen Wind, der an der nördlichen Atlantikküste wehte, auszusetzen.

Irgendwelche Bekannte waren noch zu verabschieden. Er winkte ihnen von weitem zu, dann ging er zum Einchecken. Die halbe Stunde bis zum Abflug blätterte er in einer Zeitung, und in Paris, kaum daß er seinen Koffer in Empfang genommen hatte, war er schon zum Flugsteig unterwegs, an dem man die Maschine aus Berlin erwartete. Er nahm das Handy aus der Jackentasche, sah, daß die Batterien beinahe leer waren, und ihm fiel ein, daß er vergessen hatte, das Aufladegerät mitzunehmen.

›Hoffentlich hat sie es eingepackt‹, dachte er. ›Und auch meinen Bademantel, der im Arbeitszimmer hängt.‹

Am Abend zuvor hatten sie ausgiebig miteinander gesprochen, und er hatte ihr beschrieben, wo genau, an welchem Ausgang sie sich treffen sollten.

»Orly ist unübersichtlich und voller Rolltreppen. Nimm einen Wagen, wenn dir der Koffer zu schwer ist«, hatte Bamberg ihr geraten.

Jetzt war da eine Nachricht: »Ruf mich zurück, Anita.« Bamberg ließ es unbeachtet.

›Sie landet ja gleich‹, dachte er, setzte den Koffer ab, sah auf die Tafel, die anzeigte, daß das Flugzeug Verspätung hatte.

Er wartete. Und merkwürdig: Obwohl er sich freute und voller Erwartung war, rechnete er gleichzeitig damit, daß die Dinge nicht so laufen würden, wie er es wünschte. Denn dies war, wenn er mit Anita verreisen wollte, immer wieder vorgekommen: daß sie ihn ein, zwei Tage hängenließ, um dann, völlig echauffiert, weil die Vorbereitungen für die Reise sie überfordert hatten, doch noch aufzutauchen.

Als die ersten Fluggäste den Durchgang passierten, schlenderte er zur Barriere. Er ließ sich Zeit. Er wußte, daß seine Frau zwar nicht die letzte, aber auch nicht die erste sein würde.

›Außerdem muß sie auf ihr Gepäck warten‹, dachte er.

Eine halbe Stunde später allerdings, als niemand mehr den Durchgang passierte, man hatte eine Kette vorgelegt, war ihm klar, daß sie das Flugzeug verpaßt haben mußte.

Er wählte ihre Handynummer, weigerte sich, darüber nachzudenken, warum, obwohl sie auf seinen Rückruf wartete, die Mailbox eingeschaltet war, und nun schickte er ihr per SMS nochmals den Fahrplan und die Adresse des Hotels an der Atlantikküste.

›Um den Rest muß sie sich selber kümmern‹, dachte Bamberg. ›Sie weiß schließlich, daß wir ein Mietauto bestellt haben und daß ich sie jederzeit, hier oder dort, wenn sie es wünscht, abholen kann.‹

Die Fahrt mit dem Auto in Richtung Meer war beeindruckend. Die Straßen, vielleicht wegen des schlechten Wetters, waren kaum befahren, und die Wolken, dunkelblau, beinahe schwarz, hingen tief, so daß Bamberg von dem Eindruck nicht loskam, er befände sich unter einer geschlossenen Decke, die hier und dort durchlöchert wurde und die Sonnenstrahlen hindurchließ: kompakte, glühende Bündel, von denen er, wenn sie die Straße berührten, glaubte, er müsse ihnen ausweichen. An der Küste herrschte starker, böiger Wind, der das Auto immer wieder zur Seite riß, so daß Bamberg mit dem Steuer gegenhalten mußte, und auch hier war es die Welt der Erscheinungen, von der er gebannt war. Dort draußen die Wellen, die sich, als wären sie in hysterischer Erregung, überschlugen, landeinwärts die tiefhängende Wolkendecke, und man konnte nicht sagen, woher und wohin das Ganze unterwegs war, ob von der See her in Richtung

Küste, oder ob es Mühe hatte, das offene Meer zu erreichen.

Im Hotel, es war eher eine Pension, die abseits in den Dünen lag, staunte Bamberg über den Regen, der eingesetzt hatte, und daß er nicht durch die Fenster, die wirkten, als wären sie dem Druck kaum gewachsen, ins Zimmer eindrang. Er hielt beide Hände gegen die Scheiben, spürte, wie sie vibrierten.

›Der Wanderer‹, dachte er und hatte Lust, diese Szenerie, so wie er sie sah, es war ja nichts weiter, ein Unwetter war hier wie das andere, minutiös zu beschreiben.

Das Handy klingelte.

Und nun sah man durch die regenüberfluteten Scheiben hindurch, wie Bamberg telefonierte und wie unbeweglich er sich dabei verhielt. Er stand immer nur am Fenster. Das ging über eine halbe Stunde hinweg und länger, so daß man staunte, wie dies bei den fast leergezogenen Batterien überhaupt möglich war. Aber es lohnte sich nicht, darüber nachzudenken, weil er am Abend, als es dunkel wurde, immer noch dastand und weil die Pension durch den Lichtwechsel, der sich vollzog, an Abstand gewann und zuletzt zwischen den Dünen wirkte, als wäre auch sie, wie Bamberg, lediglich eine Erscheinung oder als wäre sie Teil eines

Gemäldes, von dem berühmten Edward Hopper gemalt.

Am nächsten Morgen war alles wieder ganz anders. Die Sonne schien, und der Wind hatte sich gelegt, und man sah, wie Matthias Bamberg auf der Veranda, die als Frühstücksraum diente, an einem langgestreckten Tisch saß und ruhig seinen Kaffee trank. Gegen Mittag sah man ihn in den Dünen und wie er langsam in Richtung Strand schlenderte und wie er dabei die Möwen, die ihn umkreisten, gewähren ließ.

10

Anfang November war Matthias Bamberg wieder in Berlin.

Er saß unter der Stehlampe, blätterte in dem Taschenbuch, und er fand, daß auch jener, der die annähernd eintausend Seiten geschrieben hatte, immer nur den augenscheinlichsten Dingen auf der Spur war.

›Auch ich habe bis jetzt‹, dachte Bamberg, ›und nach den allerersten Recherchen an die siebzig Seiten zu Papier gebracht. Und es begann damit‹, dachte er, ›daß ich, wenn Anita sich räusperte, Grund hatte, aufmerksam zu sein.‹

Sicher, sie hatte sich im Schlaf gestört gefühlt und wollte ihn am Schnarchen hindern. Aber dies war, wie er jetzt glaubte, nicht ihre einzige Absicht gewesen. Sie wollte ihm etwas sagen, etwas, das ihn im Innersten betraf, das er aber nicht verstand.

›Da waren meine Ohren hellhöriger als ich selbst‹, dachte Bamberg und staunte, wie ruhig er war und daß er es fertigbrachte, wie sonst und als

wäre nichts geschehen, im Berliner Zimmer zu sitzen und zu lesen.

Am nächsten Tag allerdings, bei seinem Freund
Geiger und in der Enge der Redaktionsräume, war
er für einen Augenblick den Tränen nahe. Auch war
es ihm unangenehm, daß Geiger versuchte, ihn zu
trösten oder über irgendwelche Gründe zu mutmaßen. Und wie sehr wünschte Bamberg, während er Geigers verständnisvolle Worte abwehrte,
wie sehr wünschte er, daß sich die Tür zum Nebenzimmer wieder in Bewegung setzen würde, so
daß er jener dort für den kurzen Augenblick, bevor die Tür ins Schloß fiel, hätte sagen können,
wie richtig und weitsichtig ihre Bemerkung, seinen
Text betreffend, gewesen war, nämlich: »Nichts ist,
wie es scheint. Oder vielleicht doch?«

»Sie ist nicht da«, sagte Geiger.

»So«, antwortete Bamberg und war sichtlich ent-
täuscht.

Auf dem Heimweg, als er das Treppenhaus betreten wollte, traf er den Hauswart. Er sollte Fragen
beantworten, etwa: Ob er denn endgültig ausgezogen sei oder ob man nochmals für einen Möbelwagen Straßenschilder aufstellen müsse?

»Wie kommen Sie darauf!« antwortete Bamberg
und ließ den Mann stehen.

Am späten Abend, es war gegen Mitternacht,

lag er in seinem Bett und wartete darauf, daß von dort oben Geräusche zu hören sein würden.

›Es muß ja kein Möbelrücken sein‹, dachte Bamberg.

Er war nun allein im Schlafzimmer. Das Bett neben ihm war um einige Meter abgerückt, die Matratze hatte man entfernt. ›Auch der Spiegel an der Wand fehlt‹, dachte Bamberg und war froh, als er den Fahrstuhl im Treppenhaus surren hörte.

Als auch das vorbei war, stand er auf, ging in sein Arbeitszimmer, suchte in einem Aktenordner nach dem Mietvertrag, und nachdem er ihn gefunden hatte, war er erleichtert. Denn dort stand klipp und klar, daß nicht nur er, sondern auch seine Frau als Mieter dieser Wohnung eingetragen war.

Am nächsten Morgen entdeckte Bamberg in der Küche Spuren auf dem gekachelten Fußboden. Hatte da nicht jemand den Schrank, der den Dienstboteneingang verstellte, zur Seite gerückt? Bamberg fuhr mit dem Daumen auf den Kacheln entlang, die bis in die Mitte der Küche hinein Kratzer aufwiesen, und nachdem er den Schrank verschoben hatte, entdeckte er, daß die Eisentür, die dahinter sichtbar wurde, nicht abgeschlossen war.

Keine zehn Minuten später war er beim Hauswart. Er entschuldigte sich, daß er im Treppenhaus so kurz angebunden gewesen sei, und nun wollte

Bamberg den Namen der Firma, die den Möbelwagen geschickt hatte, wissen und ob man die Möbel statt über das Treppenhaus über den Dienstboteneingang hinweg auf die Straße geschleppt
hätte.

»Sie müssen sich keine Sorgen machen«, sagte
Bamberg. »Es ist alles sehr gut so, und es tut mir
leid, daß ich meiner Frau nicht behilflich sein konnte. Wir haben auch nicht die Absicht, die Wohnung
zu verlassen. Trotzdem«, fügte er hinzu, »ich muß
die Adresse der Firma haben.«

»Es war kein richtiger Möbelwagen, es war, soweit ich mich erinnere, ein gemieteter Kleinlaster«,
meinte der Hauswart. »Und was den Dienstboteneingang betrifft«, fügte er hinzu, »der ist für größere Möbelstücke zu eng.«

Bamberg bedankte sich, und als er wieder in
seiner Wohnung war, ging er, mit Kugelschreiber
und Notizblock in der Hand, durch die Zimmer,
um aufzulisten, was da während seiner Abwesen-
heit entfernt worden war. Es war nicht viel. Im
Berliner Zimmer war es die Vitrine, und von den
zwölf alten Gläsern, die sie zusammen gekauft
hatten, fehlten sechs. Die anderen standen auf dem
Fensterbrett. Natürlich fehlte die große Beardsley-
Reproduktion mit dem Messingrahmen. Und die
Gardinen!

›Die hat sie selber genäht‹, dachte Bamberg.

Im Flur fehlte die kleine Truhe, der Garderoben-
ständer war gegen die Ecke gelehnt, und das Bad
war merkwürdigerweise mit Sachen vollgestellt,
die er nicht kannte. Oder waren sie früher auf dem
Hängeboden verstaut gewesen? Da standen eine
ausrangierte Heizsonne, ein defektes Bügelbrett, in
der Badewanne ein Korb mit Waschutensilien, und
das Fenster, das offen war, wurde vom Wind, der
draußen herrschte, hin- und herbewegt.

Die Klinke zu dem Zimmer, in dem seine Frau
gearbeitet hatte, ließ Bamberg unberührt, weil er
davon ausging, daß es vollkommen leer sein würde. Auch fühlte er sich nicht berechtigt, dort mit
einem Notizblock einzudringen. Nochmals ging
er durch die Räume, um zu überprüfen, ob er
etwas übersehen hatte, und als er den Kleiderschrank öffnete, traute er seinen Augen nicht: Da
hing die Lederhose, die auf einem Bügel nach
rechts gerutscht und irgendwie verdreht wirkte.
Aber die Reißverschlüsse, ja die viel zu breiten
Reißverschlüsse waren deutlich zu sehen, und in
den Schlaufen hing ein Ledergürtel, dessen gußei-
serne Schnalle derart aufwendig und präsent war,
daß sie wie eine Bedrohung wirkte.

Es dauerte eine Weile, ehe Bamberg den Schrank
wieder schloß. Er ging in die Küche, öffnete die

Dose mit den Bohnen, die er im Supermarkt gekauft hatte, setzte sie in einem Kochtopf aufs Feuer, und kaum daß sie heiß waren, griff er zum Löffel und begann zu essen.

Für den Rest des Tages war er damit beschäftigt, unter den Mitbewohnern im Haus, vorsichtig, um ja kein Gerede aufkommen zu lassen, Erkundigungen darüber einzuziehen, ob auf der Plane des Kleinlasters, mit dem man einen Teil der Möbel abtransportiert hatte, eine Telefonnummer zu erkennen gewesen wäre. Er bekam keine Auskunft. Und auch bei der Polizei, in dem Büro, wo man für die Aufstellung von Straßenschildern zuständig war, konnte man ihm, wie intensiv man auch nachblätterte, nichts Verbindliches sagen.

›Offenbar wurden gar keine Straßenschilder aufgestellt‹, dachte Bamberg, hatte aber keine Lust, den Hauswart deswegen noch einmal zu befragen.

Er zog sich in sein Arbeitszimmer zurück, und nun war er damit beschäftigt, die neuerlichen Recherchen in den Roman einzuarbeiten. Dies ging über mehrere Tage, dann hatte er die nächsten dreißig Seiten fertig. Er schien zufrieden zu sein, so daß er beschloß, ins japanische Restaurant zu gehen, aber wer genauer hinsah, konnte bemerken, daß Bamberg hastig aß und sehr viel Weißwein trank. Er war zu träge, um sich rechtzeitig zu erheben, und als das Restaurant schloß, mußte man ihn vor die Tür bitten. Mit weichen Knien ging er den Bürgersteig entlang, bis zu jener Kreuzung, wo er, wie einmal schon, die Fassade mit den Fenstern im Blick hatte. Er torkelte über die Straße, betrat das Treppenhaus, quälte sich zu Fuß in die vierte Etage hinauf. Es dauerte, bis er den Wohnungsschlüssel fand, und kaum daß er die Kleider losgeworden war, lag er im Bett und spürte, daß seine Zufriedenheit, wenn er keinen Schlaf fände, nicht länger anhalten würde.

Wieder lauschte er, um sich abzulenken, in die Dunkelheit hinein. Aber neuerdings, ›wie ist das möglich‹, dachte Bamberg, war da nichts mehr, nicht einmal das gelegentliche Surren des Fahrstuhls, womit er sich hätte beschäftigen können. Wie sehr er sich auch anstrengte und wie sehr er wünschte, es möge von dort oben oder anderswoher wenigstens ein einziges, wenn auch vages und völlig belangloses Geräusch zu hören sein, an diesem Abend blieb alles totenstill.

Am nächsten Morgen erwachte Bamberg wie gelähmt. Er machte sich Vorwürfe, dass er fähig gewesen war, mit Notizblock und Kugelschreiber wie ein mieser, kleiner Schnüffler durch die Zimmer zu schleichen. War die Tatsache, daß seine Frau ihn verlassen hatte, schlimmer noch, daß sie einen gemeinsam verabredeten Urlaub dazu benutzt hatte, ihn zu täuschen und, während er in einer Pension auf sie wartete, einen Teil der Wohnung auszuräumen, waren diese Tatsachen für ihn lediglich ein Anlaß gewesen, an dem Manuskript weiterzuschreiben?

Er beschloß, die Festplatte auf dem Computer zu löschen, zögerte, ließ es schließlich sein. Unter dieser Stimmung öffnete er die Tür zum Arbeitszimmer seiner Frau. Es war, wie er es vermutet hatte: Der schmale, etwa fünf Meter lange Raum war vollkommen leer. Es fehlten die Regale, es fehlten die Bücher, es fehlte der Tisch, der ständig mit Stapeln von Papier überladen gewesen war.

Nur ein Stuhl stand wie beziehungslos in der Mitte des Zimmers, und wo die Lampe gehangen hatte, baumelte wie sinnlos die elektrische Schnur herab. In der Ecke ein von der Wand genommenes Plakat, hier und dort Fetzen von aufgebrauchtem Klebeband, vor der Türschwelle ein zusammengefalteter Zettel.

Dies alles nahm Bamberg an sich, um es in die Mülltüte zu stopfen. Der Zettel fiel zu Boden, wobei er sich auffaltete. Bamberg bückte sich, sah, daß dort etwas Handgeschriebenes zu lesen war. Er war in Eile, wollte die übervolle Mülltüte mit allem, was er sonst noch eingesammelt hatte, auf den Hof bringen. Er fuhr mit dem Fahrstuhl bis ins Parterre hinab, aber anstatt auszusteigen, um, was er doch vorgehabt hatte, zu den Containern zu gehen, drückte er wieder auf den Knopf und fuhr in die Wohnung zurück.

Dort öffnete er die Mülltüte und suchte nach dem Zettel. Er mußte lange herumwühlen, aber dann glättete er mit Daumen und Mittelfinger, was er vorhin achtlos zerknüllt und weggeworfen hatte, und erkannte, daß jemand eine Nachricht hinterlassen hatte. Es war nur eine Zeile, in steiler, akkurater Schrift.

»Du solltest mit dem Möbelrücken aufhören«, las Bamberg, und darunter hatte jemand, offenbar als Antwort, ein einziges Wort gesetzt: »Quatsch.«

Zunächst konnte Bamberg in alledem keinen Sinn erkennen. Aber eines war klar: Die ersten Worte hatte seine Frau geschrieben, und ein anderer hatte darauf geantwortet. Bamberg rührte sich nicht, sah immer nur auf den Zettel, der in der Mitte zusammengefaltet gewesen war, und zwar so, daß man ihn, wenn man dies gewollt hätte, bequem unter jedem Türspalt hätte hindurchschieben können.

›Der Steuerberater‹, dachte Bamberg plötzlich und wurde aschfahl im Gesicht.

Und nun kam er von der Vorstellung nicht los, daß jener dort oben, der nie den Fahrstuhl benutzte, unter der Tür zu seiner Wohnung, sozusagen im Vorübergehen, diesen Zettel durchgeschoben haben könnte und daß seine Frau, ›vielleicht sogar nachts‹, dachte Bamberg, sich in aller Heimlichkeit neben ihm erhoben hatte, um die Nachricht abzufangen. Eine andere Erklärung schien ihm, da er diesen Wortwechsel, und zwar auf ein und demselben Blatt Papier, vor Augen hatte, gar nicht möglich.

›Sie hat ihn geduzt‹, dachte Bamberg, und ihm fiel die offene Wohnungstür ein und die Schatten oben hinter dem Fenster und daß Anitas Stimme auf dem Korridor zu hören gewesen war.

Die Zeile seiner Frau war schon schwer zu ertragen. Das Schlimmste aber war, sollte sich sein Verdacht bestätigen, daß es dem anderen, wie hieß er, Gräsicke, erlaubt gewesen war, mit einer flapsigen, sozusagen wegwerfenden Geste über ihn, Bamberg, zu befinden!

›Sie hat jemanden aufgefordert, Rücksicht auf mich zu nehmen. Aber der‹, dachte Bamberg, ›hatte nichts Besseres zu tun, als mich zu verhöhnen!‹

Er beschloß, der Sache sofort auf den Grund zu gehen. Die wenigen Schritte bis zur Glastür der oberen Etage, die offen war, hatte er rasch hinter sich gebracht. Auch wußte er längst, neben welcher der Türen der Name des Steuerberaters angebracht war. Ein energisches Klopfen, und hätte jener, den er suchte, darauf geantwortet, Bamberg hätte ihm ohne Wenn und Aber eben diesen Zettel, den er in der Hand hielt, auf den Schreibtisch geworfen. Im übrigen bedurfte es nur einer einzigen Auskunft: War es Gräsicke, der seiner Frau geantwortet hatte? Und wenn ja, sollte er auf der Stelle die Konsequenzen tragen!

Aber wie heftig Bamberg auch klopfte, wie energisch er immer wieder die Klinke herunterdrückte, da war niemand. Das Büro war abgeschlossen.

›Sie sind verreist‹, dachte Bamberg, der zuletzt drei Schritte zurücktrat und leise durch die Zähne pfiff. ›Und wie das alles zusammengeht. Deswegen also die Totenstille, die sie über mich verhängt haben. Aber Geduld‹, dachte er. ›Ich habe Zeit, ich kann warten.‹

Und damit steckte er den Zettel wieder ein.

12

Ich weiß nicht, was du willst«, sagte Geiger und wendete den Zettel in den Händen hin und her. »Er könnte auch harmlos sein, und solange du nicht weißt, wer da über deinem Schlafzimmer Möbel verrückt, kannst du nichts unternehmen. Im übrigen«, fügte er hinzu, »warum interessiert dich das Ganze noch, da deine Frau ohne ein Wort der Erklärung ausgezogen ist.«

Bamberg schwieg. Es fiel ihm schwer, dem Freund zu erklären, warum er nach solch einer Demütigung immer noch darauf aus war, irgendwelche Sachverhalte herauszufinden.

»Weißt du, wo sie jetzt ist?« fragte Geiger.

»Nein.«

»Bei ihrer Mutter vielleicht?«

»Sie hat keine nahen Verwandten mehr.«

»Wie dem auch sei. Ich kann verstehen, daß dich das umtreibt. Aber bevor es soweit gekommen ist, müssen Dinge vorgefallen sein, die dir unmöglich entgangen sein können.«

»Was meinst du damit?«

Geiger lächelte.

»Nichts ist, wie es scheint. Oder vielleicht doch?« sagte er, sicher auch in der Absicht, jene, mit der er Tür an Tür saß, zu konterkarieren. Sie hatte den Satz schließlich erfunden. »Ich gebe zu, du bist neuerdings in der Lage, den Rauch, der aus einem Aluminiumrohr quillt, minutiös zu beschreiben, aber vielleicht hättest du dich statt dessen mehr für deine Frau interessieren sollen«, sagte Geiger und riet dem Freund, die Arbeit an dem Roman für einige Zeit ruhen zu lassen. »Schreib etwas Politisches«, sagte er. »Etwas, womit du deine Überzeugungen zur Geltung bringen kannst. Damit legt man immer Ehre ein und vor allem: Man bleibt gesund.«

Bamberg, als hätte er alle gutgemeinten Ratschläge überhört, kam wieder auf die Fülle seiner Recherchen zu sprechen und daß er Mühe habe, sie zu ordnen, und vor allem: daß es schwer sei, mit dem Titel, den er sich ausgesucht habe, zurechtzukommen.

»Du verstehst«, sagte er. »Der Wanderer… Das fasziniert mich, obwohl ich noch nicht weiß, was damit letzten Endes gemeint sein könnte. Und doch«, fügte er hinzu, »ich werde daran festhalten.«

Nach diesem Gespräch fühlte sich Bamberg ermutigt, und es blieb ihm, wie er meinte, auch gar nichts anderes übrig, als weiterzuschreiben.

›Erstens‹, dachte er, ›hat man den Roman durch den Vorabdruck bereits favorisiert. Und zweitens: Ich würde verrückt werden, wenn ich den Notizblock aus der Hand legen müßte.‹

Im übrigen staunte er, daß es ihm gelang, indem er die Umstände, an denen er litt, zu Papier brachte, sich eine gewisse Genugtuung zu verschaffen. Und natürlich: Jetzt kam es darauf an, seinen Wahrnehmungskreis zu erweitern. Denn er wollte, wie sein erklärtes Vorbild, in der Welt der Erscheinungen, denen er auf der Spur war, eine ganze Stadt erfassen, die er immerhin, wenn er aus dem Fenster seines Arbeitszimmers sah, in einem endlosen Gewirr von Dächern vor sich hatte. Andererseits mußte er zugeben, daß der Rauch, der aus einem Aluminiumrohr quoll, sich nicht, wie zu vermuten war, über die Dächer hinweg verteilte. Nein, er wurde, daran hatte sich nichts geändert, hierhin und dorthin gezogen, sammelte sich an der äußersten Kante der Regenrinne, wo er wie von unsichtbarer Hand in die Tiefe gezogen wurde und verschwand. Wohin?

»Nicht immer riecht es im Hof«, hatte Bamberg notiert. »Und es kann durchaus sein, daß dort oben, unmittelbar unter der Dachrinne, ein Fenster offen ist.« Dies zu überprüfen hatte er vergessen. Er wollte es nachholen, aber nicht jetzt, später.

Jetzt ging er zum Schrank seiner Frau, öffnete die Tür und sah auf die Lederhose, die immer noch, auf dem Bügel zusammengerutscht, da hing, und er grübelte darüber nach, warum sie ausgerechnet diese Hose, die sie gern und oft trug, zurückgelassen hatte. Ihm schien, als ob die Reißverschlüsse und vor allem die wuchtige Schnalle etwas verrieten, was er an seiner Frau übersehen hatte.

›Vielleicht hatte sie, nicht immer, aber letzten Endes doch, einen Hang, auf aggressive Weise präsent zu sein‹, dachte Bamberg und spürte, wie die Hose, je länger er sie im Blick hatte, wieder wie eine Bedrohung wirkte.

Er beschloß, sie aus der Wohnung zu schaffen. Ganz in der Nähe, ein paar Häuser weiter, gab es einen Secondhandladen. Dorthin trug er die Hose, und er war geduldig genug, die abschätzigen Blicke des Verkäufers zu ertragen, der ihm erklärte, es lohne sich nicht, solche Sachen in Kommission zu nehmen.

»So etwas wird kaum verlangt«, sagte er, ließ aber, nachdem Bamberg auf eine Quittung verzichtet hatte, die Hose unter dem Ladentisch verschwinden.

Bamberg war erleichtert. Aber am nächsten Tag bemerkte er, daß eben diese Hose, von der er gehofft hatte, er wäre sie los, im Schaufenster des Secondhandladens ausgestellt war, so daß er sie jedesmal, wenn er daran vorbeiging, vor Augen haben würde. Dies wollte er nicht zulassen, und nun sah man durch die Scheibe der Ladentür hindurch, wie Bamberg den Verkäufer zur Rede stellte. Er gestikulierte mit den Armen, ließ nicht nach, bis der andere, der offenbar Schwierigkeiten machte, endlich zum Schaufenster ging. Keine zehn Minuten später hing die Hose wieder im Schrank, und Bamberg war froh, daß er seinen Entschluß damit korrigiert hatte.

13

Ja, die Recherchen! Dies war nun etwas, das man Bamberg unmöglich hätte ausreden können. Sie waren die Voraussetzung, sozusagen das tägliche Brot eines jeden ernsthaften Schriftstellers, und so war es nur selbstverständlich, daß er endlich tat, was er seit langem vorhatte: Er löste ein Flugticket nach Wien. Dort spielte der Roman, den er als Vorbild regelmäßig zur Hand nahm, und er wollte endlich die Straßen und Plätze sehen, die darin, und auf so durchsichtige Weise, beschrieben waren. Er stieg in einem Hotel am Burgring ab, bevorzugte auf seinen Spaziergängen vor allem die Sehenswürdigkeiten des ersten Bezirks, also jenes Areal vom Schottentor bis zum Stephansdom, vom Volksgarten über den Heldenplatz bis zum Musikverein, auf dem man kreuz und quer und bequem zu Fuß unterwegs sein konnte. Oder er trank, um auch diesen Eindruck auf sich einwirken zu lassen, in den imposantesten Caféhäusern seine Melange. Und natürlich suchte er nach der Straße, in der Mary vom Fenster ihrer Wohnung aus den Taxistand beobachtet hatte. Aber er fand sie nicht, und Bamberg fiel ein, daß sie in dem Roman nie benannt worden war. Oder hatte er es überlesen? Er verzichtete schließlich darauf, wenigstens die Gegend, in der man sie hätte vermuten können, herauszufinden. Dafür stand er um so öfter am unteren Ende der Strudlhofstiege und rezitierte im stillen die Zeilen, die dem Roman als Motto vorangestellt waren:

»Wenn die Blätter auf den Stufen liegen
herbstlich atmet auf den alten Stiegen
was vor Zeiten über sie gegangen.
Mond darin sich zweie dicht umfangen
hielten, leichte Schuh und schwere Tritte,
die bemooste Vase in der Mitte
überdauert Jahre zwischen Kriegen.
Viel ist hingesunken uns zur Trauer
und das Schöne zeigt die kleinste Dauer.«

›Ja‹, dachte Bamberg, ›das ist eine Stimmung, die einen dazu bringen könnte, nochmals einen Gesellschaftsroman zu versuchen.‹

14

Nach Berlin zurückgekehrt, fühlte er sich, sowie er das Flughafengelände verlassen hatte,
ernüchtert, und er glaubte zu spüren, wie sich diese Stadt wieder auf einen Punkt zusammenzog.

Er dachte an seine Wohnung und ob er sie, ja,
dies überlegte er ernsthaft, ob er sie über das vordere Treppenhaus oder doch besser über den Dienstboteneingang betreten sollte. Auch mußte er damit rechnen, daß der Steuerberater in sein Büro
zurückgekehrt war. Er bat den Taxifahrer, an der
Kreuzung zu halten, und zwar so, daß er, wenn er
ausstieg, die gesamte Fensterfront des Mietshauses
im Blick haben würde. Aber der Verkehr ließ es
nicht zu, so daß das Taxi unmittelbar vor dem Ze-
brastreifen halten mußte. Zwei, drei Schritte, dann
hatte Bamberg die Haustür erreicht, und hier wurde er von einer Frau mittleren Alters angesprochen,
die ihn bat, ihr beim Tragen der übervollen Ein-
kaufstaschen behilflich zu sein.

Dieser Bitte konnte sich Bamberg nicht entziehen, und er war überrascht, nein, er schämte sich, als sich herausstellte, daß sie auf derselben Etage, sozusagen Tür an Tür, wohnten, und als die Frau Bamberg zu sich hereinbat, um ihm eine Tasse Kaffee anzubieten, gab er auch dieser Bitte nach. Und da saß er nun, anstatt, was er doch vorgehabt hatte, in seine Wohnung zurückzukehren, erst einmal bei seiner Nachbarin auf einem Stuhl.

Bamberg erfuhr, daß sie kürzlich erst eingezogen war und hier mit ihrer Tochter wohnte, die einen Spielzeugladen unterhielt, und als sie sich nach seinen, Bambergs, Lebensumständen erkundigen wollte, ging er nur unwillig darauf ein.

Ob er schon lange hier wohnen würde.

»Ja, natürlich.«

Ob er verheiratet sei.

Bamberg gab keine Antwort.

»Gestern habe ich mit Ihrer Frau gesprochen.«

Bamberg schreckte zusammen, und als hätte man ihn bei einer Lüge ertappt oder als wäre er damit aufgefordert, Stellung zu beziehen, begann er der Nachbarin zu erklären, daß dies unmöglich sei.

»Sie verstehen«, sagte Bamberg. »Sie ist beschäftigt, und ich weiß, ehrlich gesagt, nicht, wo sie sich zur Zeit aufhält. Sie muß aber jeden Augenblick zurück sein«, fügte er hinzu und nahm seine Reisetasche auf.

Und nun standen sich die beiden, auch die Nachbarin hatte sich erhoben, mißtrauisch gegenüber. Offenbar dachte die Nachbarin darüber nach, warum Bamberg plötzlich so gereizt war, und Bamberg wollte diese Begegnung so schnell wie möglich beenden.

»Schönen Dank«, murmelte er, verließ das Zimmer und hörte eine nichtssagende Antwort in seinem Rücken.

In die eigene Wohnung zurückgekehrt, zögerte Bamberg, ob er weiter in den Korridor hineintreten sollte, denn natürlich hatte ihn die Begegnung mit der Nachbarin verunsichert. Und war da nicht ein Geruch, der ihm bekannt vorkam?

›Es könnte das Parfüm sein, das ich Anita vor der Reise an den Atlantik geschenkt habe‹, dachte Bamberg und ging wie jemand, der auf eine Überraschung gefaßt sein mußte, ins Berliner Zimmer, sah sofort, daß sich da nichts verändert hatte, aber als er den Blick auf den schmalen Durchgang richtete, der am Bad und der Kammer vorbei in die Küche führte, bemerkte er einen schwachen Schein.

›Es wird die Lampe über der Spüle sein‹, dachte Bamberg.

Aber ehe er sich Gewißheit verschaffen konnte, wurde ihm klar, daß es der Dienstboteneingang war, von dem er den Schrank abgerückt hatte, auch

die Moltofillstreifen, die die verzogene Tür ab-
dichteten, hatte er entfernt, so daß jetzt die Flur-
beleuchtung aus dem hinteren Treppenhaus zwischen dem Spalt am Türrahmen hindurch auf den
gekachelten Fußboden fiel.

›Es muß gleich ausgehen‹, dachte Bamberg.

Und tatsächlich: Als er in der Küche stand und
sich umgesehen hatte, als ihm klar war, daß er auch
hier niemanden antreffen würde, erlosch das Licht
hinter der eisernen Tür. Bamberg stand im Dun-
keln, und wieder meinte er, daß es nach Parfüm
roch.

›Es könnte aus dem Kleiderschrank kommen.
Da hängen noch einige von ihren Sachen‹, dachte
Bamberg.

Er ging ins Berliner Zimmer, wo der Schrank
untergebracht war, griff nach dem Bügel, an dem
vor Tagen noch die Lederhose gehangen hatte.
Aber sooft er ihn auch hin und her wendete, sooft
er mit der Hand an ihm herumtastete, der Bügel
war leer.

›Sie ist also hier gewesen‹, dachte Bamberg,
starrte in den Schrank, und er beschloß, erst einmal so zu tun, als hätte sich nichts verändert.

Er packte die Reisetasche aus, ging ins Bad, um
zu duschen, und nachdem er seinen Pyjama ange-
zogen hatte und zur Zahnbürste griff, bemerkte

er, daß seine Hände zitterten. Aber anstatt sich hinzulegen, um auszuruhen, setzte er sich auf die äußerste Kante seines Bettes und überlegte, ob er zur Wohnungstür gehen sollte, um die Kette, die er vorgelegt hatte, wieder zu entfernen.

›Oder ich schiebe den Riegel am Dienstboteneingang zurück. Dann kann hereinkommen, wer will‹, dachte Bamberg und spürte, wie überanstrengt er war.

Immer wieder klappten Türen im Treppenhaus, oder der Fahrstuhl setzte sich in Bewegung. Aber ob er irgendwo anhielt oder bis zu ihm, bis in die vierte Etage, unterwegs war, dies wollte Bamberg nicht überprüfen. Er wollte nichts sehen, nichts hören. Auch war es ihm gleichgültig, wie lange er so absichtslos dasaß und ob es schon Mitternacht war, als er sich endlich das Kopfkissen zurechtrückte. Und doch, eines mußte Bamberg, bevor er einschlief, mit Sicherheit bemerkt haben: daß da oben, und ohne daß man hätte sagen können, wo genau es geschah, wieder Möbel verrückt wurden.

15

Jeder wird einsehen, daß Bamberg in einer schwierigen Lage war. Seine Frau hatte die Wohnungsschlüssel immer noch bei sich, und sie war unverfroren genug, hinter seinem Rücken die Wohnung zu betreten. Die Sache war unannehmbar, und Bamberg hätte jetzt, statt an seinem Roman weiterzuarbeiten, erst einmal seiner Frau auflauern können, um sie, wenn sie die Wohnung betrat, zur Rede zu stellen, oder er hätte versuchen können, ihre neue Adresse ausfindig zu machen, um sie schriftlich aufzufordern, sich in aller Form zu erklären.

Aber wir wissen natürlich nicht, was in diesem Mann letzten Endes vor sich ging. Und konnte es nicht sein, daß alle Fragen, seine Frau betreffend, längst geklärt waren? Vielleicht in dem Telefongespräch an der Atlantikküste, das eine Ewigkeit gedauert hatte, obwohl die Batterien leer waren, und vielleicht hatten sie sich dabei alles gesagt, was ihnen wichtig schien. Bis auf das Möbelrücken.

Darüber hatten sie nie wieder gesprochen, und Bamberg mußte, nachdem er den Zettel gefunden hatte, davon ausgehen, daß seine Frau, während er schlief, an den Vorgängen dort oben in irgendeiner Weise beteiligt war.

Sie hatten sich getrennt, bitter genug, aber ob der Grund dafür eine Etage höher lag und ob dies tatsächlich auf derart hinterhältige und rücksichtslose Weise geschehen war, wollte Bamberg, koste es, was es wolle, herausfinden.

Am nächsten Morgen tauchte er in dem Flur unter dem Schrägdach auf, um die Reinemachefrau bei ihrer Arbeit zu beobachten. Er nutzte die Augenblicke, in denen die Türen offenstanden, und er machte sich eine Skizze, die er in den Computer eingab, um zu überprüfen, von welchem der oberen Räume aus hier unten in seinem Schlafzimmer überhaupt etwas zu hören sein konnte. Und wie hatte doch seine Frau gesagt: »Sie haben alles gut isoliert.«

Die Sache war eindeutig: Direkt über Bambergs Schlafzimmer, davon hatte er sich überzeugt, lagen lediglich der Flur und eine Toilette, von dorther hörte man weder das Rauschen der Spülung noch sonst irgend etwas, und was hinter dem Büro des Steuerberaters lag, war zu weit weg, um berücksichtigt zu werden, so daß nur der angrenzende Trakt, den der Steuerberater benutzte, in Betracht kam.

›Hier bestünde die Möglichkeit, daß sich, auch wenn alles bestens isoliert ist, Geräusche bis in die Etage darunter durcharbeiten‹, dachte Bamberg.

Er bedauerte, daß er, da die Reinemachefrau die Tür zum Büro des Steuerberaters geschlossen hielt, keinen Blick ins Innere hatte werfen können, und nun wollte er selbst nachprüfen, ob dort oben Möbel, vielleicht sogar Betten, standen, die man hätte verrücken können, und ob es einen Grund gab, dies auch wirklich zu tun.

Bamberg wartete bis zum späten Abend. Er trank mehrere Tassen Espresso, um sich wach zu halten, dann nahm er einen Schraubenzieher aus dem Werkzeugkasten, und wieder, wie am Morgen schon, ging er über das Treppenhaus in die fünfte Etage hinauf.

Er trat vor die Tür des Steuerberaters, die er, wie, wußte er noch nicht zu sagen, gewaltsam öffnen wollte, und als er den Schraubenzieher zwischen Tür und Rahmen in der Höhe des Schlosses ansetzte, hörte er ein leises Klicken. Die Tür gab nach. Bamberg stieß mit der Fußspitze dagegen, und nun, nachdem sie sich ganz und gar geöffnet hatte, zögerte er, über die Schwelle zu treten. Ein schwacher Lichtschein fiel von der Straße her durch die Fenster.

›Hier ist niemand mehr‹, dachte Bamberg und sah, daß das Büro vollkommen leer geräumt war. Weder hier noch im Nebenzimmer ein einziges Möbelstück. Nur ein Kalender hing an der Wand.

›Er ist ausgeflogen. Er scheint ständig unterwegs zu sein, heute hier, morgen dort‹, dachte Bamberg, ging durch die Zimmer und versuchte, indem er den Kalender von der Wand nahm, herauszufinden, seit wann er nicht mehr umgeblättert worden war. Die aufgeschlagene Seite war mit Notizen übersät, und gab es da nicht einen Hinweis darauf, daß Gräsicke im Begriff war, Urlaub zu machen?

»Bin überarbeitet«, stand da. »Werde nach dem Umzug erst einmal verreisen.«

›Aber wohin?‹ dachte Bamberg und suchte, indem er den Kalender umblätterte, nach weiteren Notizen. Zuletzt nahm er den Kalender von der Wand, und als er wieder in seiner Wohnung war, entdeckte er einen Vermerk, der Ort und Termin des Urlaubs verriet.

»Am 15. 11. mit A. nach Kapstadt«, war da zu lesen.

Bamberg zog den Zettel hervor, um die Handschriften zu vergleichen. Er kam zu keinem Ergebnis. Die Notizen waren in kleiner, beinahe unleserlicher Schrift gehalten, während das Wort »Quatsch« auf dem Zettel offenbar mit ruhiger Hand geschrieben worden war, und doch konnte man, wenn man genauer hinsah, gewisse Ähnlichkeiten vermuten.

›Außerdem könnte mit dem Buchstaben A Anita gemeint sein‹, dachte Bamberg, und dies genügte ihm.

16

Am selben Tag noch traf Bamberg den Hauswart und versuchte, Einzelheiten über den Steuerberater zu erfahren. Der Hauswart zuckte mit den Achseln.

»Tja, er ist ausgezogen. Aber wohin? Ich kann mich nicht um alles kümmern. Die Räume sind jedenfalls wieder vermietet.«

»Das ist die Hauptsache«, antwortete Bamberg und versicherte, er würde gewisse Probleme, die er mit Herrn Gräsicke hätte, selber regeln.

Wenig später blätterte er im Telefonbuch und fand die Eintragung, die er vermutet hatte: Da war der Name des Steuerberaters. Es folgten Adresse und Telefonnummer, die sich erledigt hatten. Und natürlich: Da Gräsicke vor kurzem erst weggezogen war, würde es schwierig sein, die neue Adresse herauszufinden. Man sah, wie Bamberg im Internet beschäftigt war, dann, offenbar hatte er etwas gefunden, es war die Nummer einer Steuerberatungsgesellschaft, griff er zum Telefonhörer, und als sich eine Frauenstimme meldete, verlangte er Herrn Dr. Gräsicke zu sprechen. Er wurde verbunden.

»Ja, bitte?«

Bamberg versuchte sich jenen, dessen Stimme er hörte, vorzustellen. War es der, der über einen Meter achtzig groß war, der nie einen Mantel trug, der nicht grüßte, wenn er an einem vorbeiging, aber deswegen nicht unhöflich wirkte? Bamberg wußte es nicht sicher zu sagen.

»Ich habe Ihren Zettel gelesen«, sagte er und in einem Ton, der Gräsicke veranlaßte, erst einmal nicht zu antworten.

»Was für einen Zettel?« fragte er schließlich.

»Den Zettel«, sagte Bamberg, »den meine Frau Ihnen geschrieben hat und den Sie mit einer abfälligen Bemerkung versehen haben.«

»Was wollen Sie von mir!«

»Sie haben keinen Zettel bekommen?«

»Nein.«

»Sie haben auch nachts keine Möbel verrückt?«

Und als er Gräsicke riet, die Wahrheit zu sagen, als er ihm versicherte, er sei vollkommen im Bilde und ihm seien auch die Schatten hinter dem Bürofenster nicht verborgen geblieben, als er ernsthaft damit drohte, er würde nicht nur sein, Gräsickes, Verhalten, sondern auch das Verhalten seiner Frau öffentlich machen, legte der andere den Hörer auf.

»Sie sind mir eine Antwort schuldig!« rief Bamberg, in dem vergeblichen Versuch, das Gespräch fortzusetzen. »Sie sind mir eine Antwort schuldig!« rief er, und als er die Nummer der Steuerberatungsgesellschaft nochmals wählte, meldete sich wieder die junge, überaus freundliche Frauenstimme und erklärte:

»Herr Dr. Gräsicke fängt in sechs Wochen bei uns an. Jetzt macht er erst einmal Urlaub. Wir können aber, wenn Sie wollen, einen Termin vereinbaren.«

Nach diesem Telefonat blieb Bamberg für den Rest des Tages in seinem Zimmer und schrieb. Er brachte über sieben Seiten, und wie er fand, allerbeste Prosa, zu Papier, und er war stolz darauf, daß er fähig war, bei allem, was man ihm zumutete, und es hatte sich keineswegs erledigt, daß er fähig war, daraus für die Arbeit an seinem Roman Nutzen zu ziehen. Und immer waren es die Zweideutigkeiten, besser, das Ungefähre, nie mit Gewißheit Auszumachende, immer war es die Welt der Erscheinungen, auf die kein Verlaß war, die Bambergs Phantasie anstachelten, so daß er zuletzt mit dem Gedanken spielte, auch jene Notiz, die er in Gräsickes Terminkalender entdeckt hatte und die dessen Urlaub betraf, genauer zu hinterfragen.

17

Genauer zu hinterfragen? Bedeutete dies etwa, daß Bamberg ernsthaft vorhatte, nach Kapstadt zu fliegen? Nach Kapstadt, zur äußersten Spitze Afrikas! Und wie sollte er, da die herausgerissene Kalenderseite darüber keine Auskunft gab, wie sollte er das Hotel herausfinden, das der Steuerberater gebucht hatte, wie den Strand, an dem er sich zu erholen gedachte! Sicher, so ohne weiteres war er nicht bereit, der Versuchung nachzugeben.

›Keine übereilten Sachen‹, dachte er. ›Mir bleiben fünf bis sechs Tage Zeit.‹

Er suchte die Nummer des Verlags heraus, für den seine Frau als Übersetzerin tätig war. Man versicherte ihm, daß sich Anita Bamberg seit langem nicht mehr gemeldet habe, obwohl sie versprochen hätte, das neue Manuskript abzuliefern. Der Termin sei überschritten.

»Besten Dank«, sagte Bamberg und versprach, dafür zu sorgen, daß seine Frau ihre Verpflichtungen einhielt.

Er war jetzt sicher, daß sie und Gräsicke ihre Koffer gepackt hatten.

›Sie sind längst unterwegs‹, dachte Bamberg und nahm sich vor, am nächsten Morgen, sowie er ausgeschlafen sein würde, ausgiebig im Internet zu surfen, um die Gegend bei Kapstadt zu erkunden, und er wollte sich die günstigste Flugverbindung notieren.

Zuerst aber fühlte Bamberg sich verpflichtet, besser, es war ihm ein Bedürfnis, sich nochmals mit jemandem, dem er vertraute, zu beraten. Also tauchte er gegen Mittag in den Redaktionsräumen der Wochenzeitschrift auf. Er wirkte entschlossen, lehnte es ab, den Mantel auszuziehen, wollte auch kein Mineralwasser trinken. Statt dessen bat er den Freund, ihn, falls dies möglich wäre, mit jener, die im Nebenraum saß, bekannt zu machen.

»Ich möchte sie sprechen. Es muß aber gleich sein«, sagte er.

Geiger ging ins Nebenzimmer. Als er zurückkam, machte er eine Geste gegen die offene Tür hin, und nun sah Bamberg, wie jene, die er sprechen wollte, neben ihrem Schreibtisch stand und auf ihn wartete. Sie war groß, trug eine schwarzumrandete Brille und streckte ihm, als er näher kam, freundlich die Hand entgegen. Zunächst standen sie sich gegenüber, und Bamberg kam sofort zur Sache.

Er wolle sich für den freundlichen Artikel bedanken und vor allem für jenen klugen Aphorismus. Ja, das sei nun wirklich etwas, was er am eigenen Leibe erfahren habe: »Nichts ist, wie es scheint. Oder vielleicht doch?«

Bamberg lachte, war versucht, sich näher zu erklären. Aber natürlich: Wie sollte das vonstatten gehen? Sollte er ihr verraten, was er in den letzten Wochen erlebt hatte: daß er von seiner Frau betrogen worden war und daß sie ohne ein Wort der Erklärung die Wohnung verlassen hatte? Daß er unfähig gewesen war, ihr Benehmen, zum Beispiel ein ständiges Räuspern, richtig zu deuten? Sollte er ihr anvertrauen, daß seine Frau heimlich in die Wohnung zurückgekehrt war und daß er, Bamberg, nachts wieder gezwungen gewesen war, den Geräuschen, die sie vermutlich mit ihrem Liebhaber eine Etage höher verursachte, zuzuhören? Sollte er ihr den Zettel als Beweisstück vorhalten und erklären, daß er ihn zufällig gefunden und aus einer überfüllten Mülltüte ans Tageslicht gezogen hätte?

›Nein‹, dachte Bamberg. ›Ich würde mich lächerlich machen.‹

Also sprach er lieber über die ungeklärten Vorgänge in seinem Haus, etwa darüber, daß er, obwohl es unmöglich sei, ein ständiges Möbelrücken gehört habe.

»Sie verstehen«, fügte Bamberg hinzu, »über meiner Wohnung gibt es Büroräume, aber jener, der sie gemietet hatte, ist längst ausgezogen. Und doch hört man gelegentlich etwas, das einem zu denken gibt.«

Er zog einen Stuhl heran, setzte sich, wartete, bis auch die andere hinter ihrem Schreibtisch Platz genommen hatte, und nun wurde Bamberg deutlicher, indem er erklärte:

»Aber vielleicht scheint es nur so, und vielleicht ist dort oben, obwohl es unmöglich ist, tatsächlich jemand unterwegs. Und ich muß gestehen«, sagte Bamberg, »daß ich versucht bin, solch eine, zugegeben, absurde Vermutung für meinen neuen Roman zu nutzen. Was sagen Sie dazu?« fragte er und wartete auf eine, und wie er hoffte, befriedigende Antwort.

Statt dessen herrschte Schweigen. Die Journalistin blätterte in einem Manuskript, und in seinem Rücken, in der offenen Tür, stand Geiger.

»Schreiben Sie, was immer Sie meinen«, sagte die Journalistin und lächelte, sah aber von ihrem Manuskript nicht auf. »Wir werden ja sehen, ob es Ihnen gelingt.«

»Ganz recht«, antwortete Bamberg und war ernüchtert.

Da saß er nun der Frau gegenüber, die sich dermaßen klug über seine allerneueste Prosa geäußert hatte und von der er annehmen durfte, sie sei mit der Art, wie man ungeklärte Dinge sehen und beschreiben konnte, bestens vertraut. Aber sie hatte sich offenbar nur einige Aperçus darüber ausgedacht, und jetzt war sie mit ihren Gedanken woanders!

Geiger legte dem Freund die Hand auf die Schulter und fragte:

»Willst du nicht doch etwas trinken?«

Minuten später waren die beiden wieder allein, und Bamberg nutzte die Gelegenheit, um seinem Freund unverblümt mitzuteilen, was er eventuell vorhatte. Geiger war entsetzt. Er bat Bamberg, ihm diesmal genau zuzuhören, und er versicherte, daß er Kapstadt gut kennen und daß es sich lohnen würde, dort unterwegs zu sein.

»Aber es ist eine völlig andere Welt. Man kann sich darin verirren.« Und wie um Bamberg die letzte Bemerkung als Gefahr deutlich zu machen, fügte Geiger hinzu: »Besonders, wenn man Liebeskummer hat. Verstehe doch endlich: Du kommst von deiner Frau nicht los, und die Sache ist viel zu ernst. Bilde dir nicht ein, du könntest sie durch diese und jene Unternehmung irgendwie erledigen. So etwas sitzt tief, und es hat schon ganz andere Leute ausgehebelt. Also, behalte einen klaren

Kopf und vor allem: Übernimm dich nicht. Du siehst jetzt schon Gespenster, und glaube mir, was dir in Berlin begegnet ist, das ist nichts gegen das, was einem in Afrika passieren kann.«

Bamberg schwieg, und Geiger redete und redete. Dies ging über eine Stunde, und es war schwer auszumachen, mit welchen Argumenten und Ratschlägen er seinen Freund zu überzeugen versuchte. Sicher erwähnte er auch den Roman, und Geiger hatte nie einen Hehl daraus gemacht, daß er Bambergs neue Art zu schreiben nicht schätzte und daß er also skeptisch war, ob es ihm gelingen würde, aus der Not eine Tugend zu machen.

»Du kannst aus deinem Kummer keine Funken schlagen. Was du da schreibst, bleibt unverständlich, und kein Mensch wird begreifen, was mit dem Wanderer gemeint ist.«

Nach diesem Gespräch war Bamberg nicht unbeeindruckt. Eine Weile schien er zu grübeln. Nach Hause zurückgekehrt, ging er zum Bücherregal, suchte nach dem Weltatlas, und nachdem er die Karte Afrikas aufgeschlagen hatte, fuhr er mit dem Finger hierhin und dorthin, als wolle er sich vergewissern, welche Gegenden und Wege ihn dort erwarten würden. Aber was sollte er auf einer Karte, die im Maßstab eins zu einer Million gehalten war, Besonderes erkennen? Da war Kapstadt, er sah die

Küste, und wenn er mit dem Finger nach Norden fuhr, war er schon am Sambesi und darüber hinaus im Kongo.

Am nächsten Tag saß Bamberg bei der Nachbarin. Er hatte ihr, und ohne daß sie verstand, warum er plötzlich so freundlich war, Blumen mitgebracht. Er war gesprächig, erzählte von seinem neuen Roman, erwähnte auch, daß seine Frau als Übersetzerin aus dem Italienischen und Spanischen tätig war, und er kam darauf zu sprechen, daß er jetzt vorhabe, eine größere Reise zu unternehmen. Zu welchem Zweck, sei ihm noch nicht ganz klar, aber er hätte schon als Kind den Wunsch gehabt, einmal ohne Grund und ohne ein Ziel vor den Augen zu verreisen.

»Sie verstehen«, sagte er, »als Kind träumt man davon, bis ans Ende der Welt zu gelangen. Aber dann wird man älter, man hat zu tun, und jetzt«, fügte Bamberg hinzu, »jetzt habe ich mich doch noch entschlossen, etwas Größeres zu unternehmen.«

Dies sagte er. Und obwohl die Blumen längst in einer Vase verstaut waren, obwohl die Kanne mit dem Kaffee leer getrunken war, obwohl die Nachbarin anfing, unruhig auf ihrem Stuhl hin- und herzurutschen, Bamberg nahm von alledem keine Notiz und sah, als würde er überlegen, ob es noch etwas gab, das er der Nachbarin hätte sagen sollen, vor sich hin.

Schließlich, und es geschah völlig abrupt, erhob er sich, erklärte, daß er jetzt gehen müsse, und gab ihr die Hand.

18

Als Bamberg in der Halle des Flughafens auf und ab ging, versuchte er noch einmal Gründe zu finden, warum es unbedingt nötig war, eine Reise in den äußersten Süden Afrikas anzutreten, und der einzig sichere Anhaltspunkt, den Bamberg vorzuweisen hatte, war der Zettel, der bewies, daß es jemanden gab, der darauf aus gewesen war, seine Ehe zu zerstören. Er hatte, da er ihn immer wieder zur Hand nahm, Flecken an den Rändern, und wer weiß, vielleicht würde Bamberg, da es ihm hier, in Berlin, nicht gelungen war, in Kapstadt eine Gelegenheit finden, die beiden damit zu überführen. Als die Passagiere aufgerufen wurden, ihre Bordkarten abzugeben, als Bamberg die Reisetasche aufnahm, gab er sich einen Ruck.

›Es sind nur Recherchen. Ich werde alles so rasch wie möglich hinter mich bringen‹, dachte er. Dann war er hinter der Barriere, die den Zugang zum Flugzeug markierte, verschwunden.

Eine Woche später erhielt Geiger den ersten

Brief aus Kapstadt, und es war unverkennbar, daß Bamberg es eilig hatte zu versichern, wie wohl er sich, und das schon nach wenigen Tagen, in dieser Gegend fühlen würde. Zunächst lobte er den Reiseführer.

»Ich habe keine Ausgaben gescheut«, schrieb er, »und drei dieser dicken Paper in den Koffer gepackt. Zwei endeten irgendwann in einem Abfallkorb, aber der dritte, der Iwanowski, das kann ich dir versichern, ist mir inzwischen unentbehrlich geworden. Ich habe nichts weiter zu tun, als darin herumzublättern und mir täglich neue Anregungen herauszusuchen. Auch das Hotel«, versicherte Bamberg, »in dem ich zur Zeit wohne, ist genau so komfortabel und bequem zu erreichen, wie es der Reiseführer versprochen hat.« Er gab die Adresse an: Hotel Protea, 8001 Sea Point, Kapstadt. »Antworte mir, wenn Du Lust und Zeit hast, es würde mich freuen. Heute bin ich wieder in der Innenstadt unterwegs. Mal sehen, was mich dort erwartet.«

Im zweiten Brief, der Geiger erreichte, fühlte sich Bamberg offenbar genötigt, dem Freund das Zentrum Kapstadts vor Augen zu führen. »Es ist eine sehr, sehr alte Stadt«, schrieb er, »und die Einheimischen bezeichnen sie als ›City Bowl‹, da sie zwischen Signal Hill, Lion's Head und dem Tafelberg wie in einer Schüssel eingebettet liegt. Die Leute sind ausnehmend freundlich hier, und ich habe mich lange in der Government Avenue aufgehalten, wo man das Bertram House besichtigen kann. Es ist das einzig erhaltene rote georgianische Backsteingebäude. Ich habe mich darin umgesehen und die Möbel, das Porzellan und das Silber bewundert. Im Bo-Kaap Museum, das keinen Kilometer weiter entfernt ist, bin ich nicht gewesen. Statt dessen habe ich mich einen halben Tag lang im Company's Garden aufgehalten und die Leute beobachtet.«

Es folgten noch anderthalb Seiten, in denen Bamberg andere Sehenswürdigkeiten beschrieb. Besonders erwähnte er den Greenmarket Square, erwähnte, daß dies der zweitälteste Platz sei und daß man hier, vom ersten öffentlichen Gebäude Kapstadts, vom Balkon des Old Town Houses, aus, dem Treiben auf dem Flohmarkt besonders aufmerksam zusehen könne.

›Warum schreibt er mir das alles?‹ dachte Geiger und legte den Brief beiseite. ›Er weiß doch, daß ich mich in Kapstadt bestens auskenne.‹

Er griff zu einem Stadtplan, den er vor Jahren gekauft hatte, fand das Hotel, das Bamberg erwähnt hatte. Es lag etwa zweihundert Meter hinter der westlichen Uferpromenade, und nun war er, wie er glaubte, im Bilde.

›Er wird sich nicht umsonst in der Nähe der Touristenhochburg eingemietet haben‹, dachte er und rechnete damit, daß schon der nächste Brief Aufschluß darüber geben würde, ob Bamberg mit seinen Nachforschungen erfolgreich war.

Aber mit der nächsten Post berichtete Bamberg von einem Ausflug in die Weinberge. Er war mit einer Gruppe nach Franchhoek gefahren, hatte sich eine Übernachtung im teuersten Hotel, dem La Couronne & Winery, gegönnt, und er hatte sich, wie er gestand, total betrunken. Die Karte verriet seine Katerstimmung. Manche Sätze waren unzusammenhängend, der Ton war weinerlich.

»Ich bin immer noch gezwungen, die Augen offenzuhalten. Aber das kann ich Dir versichern: So überfüllt sind die Strände noch nicht, als daß mir auf Dauer etwas entgehen könnte«, las Geiger, und den nächsten Brief mit dem Poststempel aus Kapstadt ließ er unbeachtet.

Sicher ein Fehler, denn als er ihn endlich zur Hand genommen und am oberen Rand aufgerissen hatte, als er das Blatt Papier, das dabei beschädigt worden war, auseinanderfaltete, las er das Wort »Township«. Er ahnte nichts Gutes und tatsächlich: Bamberg teilte ihm mit, daß er in einem der Elendsviertel Kapstadts unterwegs gewesen war.

Geiger setzte sich ans Notebook, um dem Freund

zu antworten. Er hatte ein schlechtes Gewissen, gab nun seinerseits Ratschläge, was man in Kapstadt und Umgebung unbedingt beachten müsse, und er machte Bamberg Vorwürfe, daß dieser so leichtsinnig gewesen war, sich ohne Begleitung in die Cape Flats zu wagen.

»Weißt Du denn nicht, daß diese Gegend berüchtigt ist, daß man dort in fünf Minuten und für ein paar Dollarscheine einen Mörder dingen kann, der Dir alles und jeden, Du brauchst ihm nicht einmal ein Foto zu zeigen, spurlos verschwinden läßt.«

Auf diesen Brief bekam Geiger keine Antwort.

›Na gut‹, dachte er. ›Ewig kann er sich dort nicht aufhalten. Vielleicht hat er schon den Rückflug gebucht.‹

Aber wie gelassen er die Sache auch nahm, wie wenig ihm bewußt wurde, daß wieder eine Woche verging, der Freund blieb, wo er war, und am 12. Dezember erst erhielt Geiger ein Kuvert mit einer in der Mitte abgeknickten Karte. Auf der rechten Seite hatte Bamberg mit wenigen Strichen ein Segelboot gezeichnet, dessen Mast gebrochen war, und auf der linken Seite hatte er in Druckbuchstaben einige Verse aufgeschrieben, die merkwürdig altmodisch und abgeklärt wirkten. Ansonsten war da kein Gruß oder Kommentar, auch kein Hinweis darauf, warum Bamberg ihm plötzlich etwas schickte, mit dem Geiger, wie oft er es auch las, nichts anzufangen wußte:

»Jetzt endet Deine Fahrt, vor hellem Horizont,
in jenen Hafen dort
in jener unbekannten Stadt.
Der frohe Fahrtwind bläst nicht länger,
die sturmerprobten Segel
ziehst Du ein.
Bis hierher haben treu wir Dich begleitet,
was gäben wir,
noch eine Zeit mit Dir zu fahren!«

19

Was war geschehen? Vielleicht wäre, um dies zu erfahren, ein Blick in das Manuskript hilfreich gewesen, an dem Bamberg seit seiner Ankunft regelmäßig schrieb. Es lag auf dem Nachttisch und hatte an Umfang zugenommen. Es waren immerhin zweihundert Seiten, hier und dort war etwas durchgestrichen, und wer Interesse daran gehabt hätte und wem es möglich gewesen wäre, darin zu blättern, der hätte überprüfen können, ob das, was Bamberg tagtäglich zu Papier brachte, das Ergebnis seiner Recherchen war.

Er selbst stand mit einem Fernglas am Fenster seines Hotelzimmers, und was er zu sehen bekam, war immer dasselbe: Es war die Sea Point Promenade, die er im Blick hatte, und irgendwann tauchten jene, auf die er wartete, im ersten Drittel der Promenade auf. Sie trug einen breitkrempigen Sommerhut, er die gemeinsame Badetasche, und Bamberg wunderte sich immer wieder darüber, daß die beiden, wenn sie nebeneinanderher gingen, der Größe nach kaum zu unterscheiden waren.

›Vielleicht trägt sie hochhackige Schuhe‹, dachte Bamberg und bedauerte, daß sich das Fernglas nicht besser einstellen ließ.

Immer wieder trieb ihn die Unruhe ans Fenster zurück, von wo aus er versuchte, je nach Tageszeit, nicht nur die Promenade, sondern auch den Strand zu beobachten, und merkwürdig: Bamberg war offenbar unfähig oder nicht willens, sich endgültige Gewißheit darüber zu verschaffen, ob es Anita war, die er unscharf im Blick hatte, und auch jenen, in dem er den Steuerberater vermutete, konnte er nicht genau erkennen. Niemals kam er auf den Gedanken, dem Paar, das er beobachtete, aus allernächster Nähe aufzulauern oder zu versuchen, das Hotel herauszufinden, in dem es abgestiegen war. Vielleicht war es ihm überhaupt nur möglich, seinen Zustand unter dem Eindruck andauernder Ungewißheit zu ertragen, und eines Tages brach er seine Beobachtungen ab.

Er war wieder unterwegs, saß in einem Sightseeingbus, der ihn in östlicher Richtung durch Kapstadt fuhr. Irgendwann stieg er aus, nahm ein Taxi, das ihn nach Crossroads, in eines der Townships, brachte, und was ihn dort beschäftigte, ja hatte er die Warnungen seines Freundes Geiger vergessen, konnte niemand mit Sicherheit sagen. Aber es war schon erstaunlich, daß es Bamberg immer wieder in die Cape Flats zog. Den ersten Ausflug hatte er mit einem Kleinbus unternommen, hatte die Bitte des Reiseführers, sich nicht von der Gruppe zu entfernen, unbeachtet gelassen, und es schien, als hätte er, obwohl er für jedermann als Tourist erkennbar war, in dieser Gegend, die auch der Iwanowski als berüchtigt und gefährlich bezeichnete, nichts zu befürchten.

Sicher, ein gewisses Unbehagen war nicht zu leugnen, und Bamberg spürte sehr wohl, daß sich, wenn er die Innenstadt verlassen hatte und bevor er sich Crossroads näherte, daß sich dort, wo das Taxi über eine Brücke fuhr, so etwas wie ein Stimmungswechsel vollzog.

Alles, was Bamberg vor Augen hatte, wirkte plötzlich wie abgerückt, und die Umrisse des Fahrers vor ihm waren jetzt, wie bei einem Scherenschnitt, vollkommen schwarz.

›Wir überqueren den Styx‹, dachte Bamberg jedesmal und verzog spöttisch die Mundwinkel.

Denn wenn er sich umdrehte und hinter sich sah, war da nichts weiter als ein Rinnsal, das wie ein Abwassergraben wirkte. Aber vielleicht war dies die afrikanische Gespensterwelt, die Geiger ihm prophezeit hatte, und vielleicht gehörte das

Gefühl von Verwegenheit, das Bamberg überkam, wenn er in Crossroads das Taxi verließ, vielleicht gehörte eben dies Gefühl zu den Wünschen, die er seiner Nachbarin gegenüber geltend gemacht hatte, nämlich endlich etwas Größeres zu unternehmen.

Früher, vor einem Dreivierteljahr noch, wäre er von den Blechhütten, die links und rechts der Ausfallstraßen aneinandergereiht waren, wäre er von dem Gestank der Müllberge, den herumstreunenden Hunden und dem Eindruck äußerster Verwahrlosung fasziniert gewesen. Er hätte sich Notizen gemacht, und wann, wenn nicht jetzt, hätte er die Gelegenheit gehabt, sich in den berüchtigten Elendsvierteln umzusehen? Selbst der Iwanowski mußte über die skandalösen Zustände, die hier herrschten, Auskunft geben, und hätte Bamberg einmal die Seite vierhundertundfünfzig aufgeschlagen, er wäre auf einiges, was er bei seinen Taxifahrten offensichtlich übersah, aufmerksam geworden.

»Die Cape Flats sind hoffnungslos übervölkert«, war da zu lesen. »Eine Hütte, gerade groß genug für zwei Personen, wird oft von zehn Personen bewohnt. Nicht selten wird auf den wenigen Betten nach Zeitplan geschlafen. Die sanitären Einrichtungen reichen nur bedingt. Und der Müll? Natürlich gibt es zentrale Müllplätze, aber wer bringt schon gerne seinen Müll drei Kilometer weit weg und das ohne Fahrzeug?«

Aber Bamberg hatte es eilig, und es war nicht zu vermuten, daß er, als er das Taxi verließ und den Fahrer aufforderte, auf ihn zu warten, daß er, als er die asphaltierte Straße überquerte und auf eine der Blechhütten zuging, hinter der er verschwand, daß er sich die Zeit nahm, darauf zu achten, in welchem Zustand sich die Umgebung, die er regelmäßig aufsuchte, befand.

Nach einigen Minuten, oder war es eine Viertelstunde, wurde der Taxifahrer ungeduldig. Er startete den Motor, begann zu hupen, und nun tauchte Bamberg an derselben Ecke der Blechhütte, hinter der er verschwunden war, wieder auf, und es gab niemanden in seinem Rücken, der ihm hinterhersah.

20

Tage später hatte Bamberg einen Traum. Er fand lange keinen Schlaf, und gegen Morgen, es begann bereits zu dämmern, sah er sich, wie er auf der Promenade unterwegs war. Langsam und als hätte er Grund zu zögern, ging er in Richtung Süden. Er wunderte sich darüber, wie wenig Passanten ihm begegneten, und auch der Strand, den er im Blick hatte, war halb leer, so daß Bamberg den Entschluß faßte hinunterzugehen, um sich die Badehütten anzusehen, und je länger dies dauerte, je weiter er, diesmal in Richtung Norden, unterwegs war, desto befreiter fühlte er sich, so daß er zuletzt dachte:

›Warum habe ich nie versucht, mich hier zu erholen und der Länge nach in der Sonne auszustrecken.‹

Dies dachte er und fühlte sich ermutigt, zu einer der Buden zu gehen, wo man einen Platz am Strand mieten konnte, und irgendwann kaufte er sich im nächstbesten Geschäft eine Badehose. Er war bester Laune, pfiff vor sich hin, als er Sonnenschirm und Liegestuhl zurechtrückte. Aber war da nicht weit draußen auf dem Meer, während er sich im Liegestuhl räkelte, etwas zu sehen, was ihm bekannt vorkam, nämlich eine Ansammlung von Rauch, der sich allmählich verdichtete und an Konturen gewann? Zuletzt war da so etwas wie eine Gestalt. Bamberg beeilte sich, den Strand zu verlassen, und als er wieder in seinem Hotelzimmer war, sah er, daß ihm die Gestalt, die sich über dem Meer erhoben hatte, folgte, und war es nicht so, daß sie versuchte, durch das Fenster, das Bamberg gerade noch rechtzeitig hatte schließen können, einzudringen? Bamberg staunte, daß es ihr offenbar möglich war, sich, was sie vorhatte, gegen alle Widerstände, die er ihr entgegenbrachte, zu erzwingen. Wie eine Ansammlung von Rauch war sie, obwohl in ihren Konturen eingeschlossen, überaus beweglich, und wie Rauch konnte sie sich in die Länge ziehen, um durch die kleinste Ritze hindurch, ›das Fenster ist undicht‹, dachte Bamberg, ins Innere des Zimmers zu gelangen. Bamberg sah, wie sie sich allmählich verflüchtigte, um dort, wo sie eingedrungen war, wieder zu einer gefährlichen Größe anzuwachsen.

»Ein Glas Wasser!« rief Bamberg, bemerkte, daß er nicht mehr in seinem Bett war, sondern versuchte, ein leeres, abgerücktes Gestell, dem die Matratze fehlte, abzutasten.

Er griff ins Leere, und auch jener Schatten in der Ecke des Zimmers, den Bamberg deutlich sah und der ihn bedrohlich überragte, war nichts, woran er sich hätte halten können, und doch kam es ihm so vor, als wäre er dazu verurteilt, immer nur an Dingen, die es nicht gab, die aber wirkten, als wären sie gegenwärtig, zu rühren. Und hatte er sich nicht vor kurzem erst damit gebrüstet, daß dies Sinn und Zweck seiner allerneuesten Prosa war?

Als er erwachte, hatte er Schweißperlen auf der Stirn. Eine Weile saß er aufrecht im Bett, und nachdem er ruhiger geworden war, grübelte er ein letztes Mal über seine Ehe nach. Die einfachsten Fragen drängten sich auf. Hatte er seine Frau jemals geliebt?

›Ja, doch, am Anfang‹, dachte Bamberg, und er erinnerte sich daran, wie er Anita, wenn sie spazierengingen und sich unbeobachtet fühlten, wie er sie, es geschah aus purem Übermut, umfaßt und über die Schulter geworfen hatte und wie sie dies, obwohl sie aufschrie, gern mit sich geschehen ließ. Sie trommelte dann mit beiden Fäusten gegen seinen Rücken.

›Das war verrückt‹, dachte Bamberg. ›Aber dann, nachdem wir geheiratet hatten…‹

Er mußte sich eingestehen, daß seine Ehe ereignislos gewesen war und daß sie im Einerlei des täglichen Nebeneinanders sehr rasch an gegenseitigem Wohlwollen verloren hatte.

›Habe ich darunter gelitten? Nein‹, dachte Bamberg und versuchte herauszufinden, ob da zuletzt überhaupt ein Bedürfnis gewesen war, sich nach einem Streit wieder in den Armen zu liegen. ›Sie war ständig frustriert, und mir war es auf die Dauer egal‹, dachte er und erschrak. Denn wenn es so war, und daran hatte Bamberg keinen Zweifel, was hatte ihn dann derart hartnäckig und bis zur letzten Konsequenz umgetrieben?

Er erhob sich, ging zum Schrank, wo sein Jackett hing, suchte nach der Brieftasche, und nachdem er sie gefunden hatte, zog er den Zettel hervor. Er faltete ihn auseinander, starrte auf die beiden Zeilen, und was er da wieder lesen mußte, war nach wie vor derart perfide, daß er glaubte, auch hier, im fernen Afrika, ein Möbelrücken zu hören, von dem er immer noch nicht wußte, was es zu bedeuten hatte.

21

In der Berliner Wohnung waren die Gardinen an den Fenstern zum Hof zugezogen. Es roch nach frischer Luft, weil es von der Küche her zog. Auf den Möbeln lag eine dünne Schicht Staub, die dort, wo der Luftzug zu spüren war, dichter ausfiel. Wenn es dunkel wurde, bekam der vordere Trakt der Wohnung Licht von der Straße her, und in der Küche fiel durch den Spalt der eisernen Tür, wenn im Treppenhaus die Beleuchtung anging, ein schwacher Schein. Gegen zehn Uhr morgens hörte man, wie jemand die Klappe am Briefschlitz hochhob und wie Post auf dem Parkettboden aufschlug, und gesetzt den Fall, Matthias Bamberg hätte sich entschlossen, nach Berlin zurückzukehren, was hätte ihn dort erwartet?

Er wäre aus dem Taxi gestiegen, hätte die Straßenkreuzung überquert, wäre auf die Haustür zugegangen, die halb offenstand. Im Aufzug hätte er bemerkt, daß man die Schiene, die den Fahrstuhl führte, immer noch nicht repariert hatte. Dort, wo sie verzogen war, gab es, wenn der Fahrstuhl darüber hinwegfuhr, ein metallenes Geräusch, und nachdem Bamberg auf den Treppenabsatz hinausgetreten wäre, hätte er die Reisetasche abgesetzt. Es hätte eine Weile gedauert, ehe er die wenigen Schritte bis zur Wohnung gegangen wäre.

Die Tür hätte sich nur mit Mühe öffnen lassen, weil die Post, die auf dem Parkettboden lag, im Wege gewesen wäre. Einige Briefe hätten sich unterhalb der Tür verkeilt, und nachdem Bamberg genügend Platz geschaffen hätte, um in den Korridor zu treten, nachdem er wahllos in den Haufen Papier gegriffen hätte, um einige Kuverts zu öffnen, wäre es ihm vielleicht, ja, vielleicht gelungen, da die Briefe ausschließlich an ihn adressiert waren, sich wie zu Hause zu fühlen.

Bamberg wäre in die Küche gegangen, er hätte die Sachen für das Abendessen aus dem Geschirrschrank genommen, und hätte er zum Wasserkessel gegriffen, um ihn auf die Flamme zu setzen, dann wäre ihm eingefallen, daß Anita nie die vordere, sondern immer eine der hinteren Flammen benutzt hatte. Dies hätte er geändert, und er hätte beschlossen, überhaupt darauf zu achten, daß er keine Gewohnheiten übernahm, die er an seiner Frau beobachtet hatte.

Aber Bamberg war nicht in Berlin, er war in

Kapstadt, und wie die Dinge sich entwickelt hatten, war es durchaus möglich, daß sich daran nichts ändern würde.

Am nächsten Morgen stand er wieder am Fenster seines Hotels, um die Promenade zu beobachten. Viel zu früh. Es war noch niemand unterwegs. Aber Bamberg wollte sicher sein, daß jene, auf die er wartete, nicht etwa schon vor dem Frühstück zum Strand unterwegs waren. Nach neun Uhr zeigten sich die ersten Touristen, und eine Stunde später war die Promenade überfüllt, so daß Bamberg Mühe hatte, alles, was ihn interessierte, im Blick zu behalten. Er hatte sich, weil dies sonst unmöglich gewesen wäre, zwei Fixpunkte ausgewählt, genauer: Er ließ die wenigen Meter zwischen einer Laterne und einer Fahnenstange nicht aus den Augen.

Sicher, es war anstrengend. Er mußte das Fernglas immer wieder absetzen, und irgendwann, es war gegen Mittag, mußte sich Bamberg eingestehen, daß seine Anstrengung diesmal erfolglos gewesen war. Da zeigte sich niemand mehr, der einen breitkrempigen Sommerhut trug, auch niemand, der die gemeinsame Badetasche schleppte.

›Geduld‹, dachte Bamberg. ›Es könnte ja sein, daß sie sich für diesmal entschlossen haben, in die nähere Umgebung Kapstadts zu fahren.‹

Am Tag darauf blieben die beiden, die er beobachten wollte, immer noch verschwunden, und am dritten, nein, am vierten Tag packte Bamberg das Fernglas ins Futteral zurück. Er schloß das Fenster, setzte sich auf die Bettkante und schien etwas zu überdenken. Irgendwann erhob er sich, fuhr mit dem Fahrstuhl in die Hotelhalle.

Ob es möglich wäre, jemanden mit einer Botschaft nach Crossroads zu schicken, wollte er an der Rezeption wissen.

Der Angestellte zog die Augenbrauen hoch, und auch als Bamberg eine Liste mit den Hotels rund um den Sea Point verlangte, bekam er keine Antwort.

Minuten später war er, was er sonst strikt vermieden hatte, auf der Promenade unterwegs, und er versuchte herauszufinden, von welcher Stelle aus das Paar, das er beobachtet hatte, auf die Promenade eingebogen sein könnte, um so wenigstens einige der Seitenstraßen näher in Augenschein zu nehmen. Aber wie sollte Bamberg die vielen Hotels überprüfen, an denen er vorbeikam? Wie sollte er hier, wo man ihn nicht kannte, erfahren, ob jemand mit einem breitkrempigen Sommerhut und einer ebenso auffälligen Badetasche in der Gästeliste eingetragen war? Außerdem wollte Bamberg nicht aufdringlich erscheinen, und so blieb es bei dem Versuch, sich in dieser und jener Hotelhalle umzusehen, und zuletzt stand er wieder am Fenster seines Zimmers, rührte aber das Fernglas nicht mehr an und starrte, er sah erschöpft aus, in Richtung offenes Meer.

Am Abend erschien er nicht zum Dinner, am nächsten Morgen nicht zum Frühstück, und jetzt spätestens durfte man sich fragen, ob es da, über Sinn und Zweck seiner Reise hinaus, einen neuerlichen Anlaß zur Unruhe gab. Denn wie sollte er die Tatsache, daß er so häufig in den Cape Flats unterwegs gewesen war und daß es offenbar jemanden gab, mit dem er hinter einer Blechhütte handelseinig geworden war, wie sollte Bamberg diese Tatsache mit seinem Gewissen vereinbaren?

›Nichts ist, wie es scheint. Oder vielleicht doch‹, dachte er und war froh, daß er an dieser Maxime festgehalten hatte. ›Und wie gut‹, dachte Bamberg, ›daß das Fernglas so minderwertig war und daß ich es unterlassen habe, mir auf anderem Weg Gewißheit zu verschaffen.‹

Er hätte jetzt das Adreßbuch aus der Reisetasche nehmen können, um von hier aus, warum nicht, den Steuerberater in seinem Stuttgarter Büro anzurufen. Dann hätte man, so oder so, einiges klären können. Aber statt dessen nahm Bamberg das Manuskript seines Romans zur Hand, und er begann, hier und dort, vor allem aber zum Ende hin,

Seiten auszusondern. Zuletzt schob er, was er aus-
gesondert hatte, ineinander, und wenig später sah
man, wie er, mit eben diesen Seiten unterm Arm,
in der Main Street und darüber hinaus auf dem
Western Boulevard hin- und herging, um sie auf
die öffentlichen Abfallkörbe zu verteilen. Dabei
sah er sich um, als wollte er sicherstellen, daß niemand ihn beobachtete, und vielleicht war es dieser
Wille zur Aufmerksamkeit, der ihn glauben ließ,
es würde am Portal eines Hauses jemand stehen,
der ihm zuwinkte. Als Bamberg näher kam, erkannte er einen alten Mann, dessen schwarze Haut
mit Pusteln übersät war, offenbar ein Bettler, und
er beeilte sich, an ihm vorbeizugehen.

Eine Stunde später telefonierte er mit seinem
Freund Geiger, und es war unverkennbar, daß er
ihm etwas anvertrauen wollte. Er bat ihn, da es ihm
von hier aus, wie er versicherte, nicht möglich sei,
den Verlag seiner Frau anzurufen, sagte aber nicht,
warum, und zuletzt meinte er, daß es besser wäre,
an dem Ganzen nicht weiter zu rühren.

»Wie geht es dir?« fragte Bamberg. »Für mich«,
fügte er hinzu, »hat sich einiges erledigt.«

Und als er dabei war, sich näher zu erklären, als
er mit besonderer Ausführlichkeit über Erlebnisse,
die ihn beschäftigten, zu reden begann, unterbrach
ihn Geiger und sagte:

»Du mußt mir nichts erzählen. Wenn sich die Sache, die du meinst, erledigt hat, dann pack deinen Koffer, und komm zurück. Oder hast du deinen Iwanowski immer noch nicht ausstudiert?«

22

Ja, der Iwanowski! Er hatte an allem, was geschehen war oder hätte geschehen können, keine Schuld. Es war ein Reiseführer, den man jedem empfehlen konnte, und schon das Cover war verheißungsvoll. »Tips für individuelle Entdecker« war da zu lesen, und darunter sah man das blaugrüne Meer und den Tafelberg, der wie eine langgestreckte sichere Barriere wirkte, eigens in die Welt gesetzt, um Kapstadt gegen feindliche Winde aus Nordnordost zu schützen.

Wer in dem Inhaltsverzeichnis des Iwanowski zu blättern begann, der staunte über die Ausführlichkeit und wie hier auf sieben eng bedruckten Seiten alles zusammengefaßt war, was der Empfehlung, jene Gegend zu besuchen, besonderen Nachdruck verlieh. Es gab Tips, wie und wo man sich tagsüber, aber auch bei Nacht, amüsieren konnte. Man konnte also, mit dem Iwanowski in der Hand, das Leben in dieser Stadt in vollen Zügen genießen. Aber es gab, so gründlich man auch blätterte, nirgendwo einen Hinweis auf die Toten, genauer: einen Hinweis darauf, ob es in Kapstadt und Umgebung einen Friedhof gab, der es wert gewesen wäre, besucht zu werden.

Bamberg war dieser Umstand nie aufgefallen, und es war auch nicht zu vermuten, daß er jetzt noch Lust und Zeit hatte, in dem Reiseführer zu blättern und nach neuen Anregungen zu suchen. Er wußte sehr wohl, wie recht Geiger hatte: Es gab keine Gründe mehr, hier, am entlegensten Ende Afrikas, in einem engen Zimmer und ohne Kontakt zu den anderen länger als nötig zu verweilen.

Er litt unter der Klimaanlage, die, wie er glaubte, schuld an seinen entzündeten Augen war. Er weigerte sich, abends in die Bar zu gehen. Nachts hielt er das Fenster geschlossen, weil ihm der Lärm von der Straße her auf die Nerven ging. Er schlief schlecht, hatte sich lange nicht rasiert, wirkte dadurch gealtert, und da er die Manuskriptseiten, die seinen Aufenthalt in Crossroads dokumentierten, vernichtet hatte, mußte er sich eingestehen, daß er mit seinem Roman gescheitert war.

Er dachte an die *Strudlhofstiege* und wie bemüht er gewesen war, etwas zu erfinden, was jener Mary aus dem berühmten Buch irgendwie ebenbürtig war. Und wie sehr hatte er jene Stelle bewundert, in der nichts weiter beschrieben wurde, als daß eine Frau, eben jene Mary, vom Fenster aus einen Taxistand beobachtete. Er blätterte in den Seiten des Manuskripts, die er übriggelassen hatte, las nochmals den Anfang, las, wie der Rauch aus einem Aluminiumrohr quoll und daß jemand Mühe hatte, das gelegentliche Räuspern seiner Frau zu ertragen.

›Ja, das ist gelungene Prosa‹, dachte Bamberg.

Und nun sah er das Redaktionszimmer seines Freundes vor sich, sah, wie die Tür zum Nebenraum geöffnet wurde und wie jene, die sich für seinen neuen Roman so vorbehaltlos eingesetzt hatte, auf der Schwelle stehenblieb. Er erinnerte sich an die letzte Begegnung und wie sie ihn kaum noch beachtet hatte.

›Und gesetzt den Fall, ich wäre jetzt dort und würde ihr das fertige Manuskript überreichen, sie würde es ungelesen zur Seite legen‹, dachte Bamberg. ›Man muß nur lange genug warten. Irgendwann wird jeder seinen letzten Leser haben‹, dachte er und begann seine Sachen zu packen.

Keine Stunde später war das Zimmer geräumt. Bamberg stand reisefertig an der Rezeption, und warum er, nachdem er seine Rechnung bezahlt und das Ticket für den Rückflug in der Tasche hatte, warum er auf den Gedanken kam, sich einen Wagen zu mieten, um damit in Richtung Norden zu fahren, warum er, obwohl er sein Gepäck und alle Dokumente bei sich hatte und auf das Taxi wartete, das ihn zum Flughafen bringen sollte, warum er sich mit eben diesem Taxi nochmals durch eines der Townships fahren ließ, um anschließend in den Mietwagen umzusteigen, dies konnte wieder niemand mit Sicherheit sagen.

Der Mietwagen, es war ein vw Jetta, war viel zu klein, viel zu unbeweglich, als daß er ihn wie einen Geländewagen hätte handhaben können. Was also hatte Bamberg veranlaßt, damit in flotter Fahrt, der Staub wirbelte hinter ihm hoch, auf einer der Landstraßen unterwegs zu sein? Vielleicht wollte er, da die Gegend im Iwanowski als Sehenswürdigkeit empfohlen worden war, die Halbwüste Karoo besuchen. Dort hätte er sich ein, zwei Tage umsehen können, aber er fuhr weiter, immer nur weiter, bis der Tachometer ihn dazu zwang, an der nächsten Tankstelle anzuhalten, dann war das wenige Bargeld, das er bei sich hatte, aufgebraucht, und Kreditkarten, dies wußte Bamberg, wurden hier nicht akzeptiert.

Als er nach fünfeinhalb Stunden Fahrt zum Stehen kam, sah er zu seiner Rechten einen riesigen Köcherbaum, und wenn das Benzin für weitere sechs bis sieben Kilometer gereicht hätte, wäre er in ein Dickicht eingetaucht. Er hatte die Straße verlassen, um den Weg abzukürzen, aber wohin, in welche Richtung, er schließlich hatte fahren wollen, darüber war er sich offenbar nicht im klaren. Übermüdet saß er da, die Ellbogen auf das Lenkrad, das Kinn auf die ineinander verschränkten Hände gestützt, und versuchte herauszufinden, ob es eine Ansammlung von Antilopen war, die keine fünfhundert Meter vor ihm in der flimmernden Hitze von links nach rechts wechselten.

Natürlich, die Gegend war reizlos, und bis zu dem Dickicht, das den Horizont abdeckte, gab es hier nur hartes Gras und Proteengehölz, und einige hundert Kilometer nordwärts, dort, wo Bamberg nicht mehr hingelangen konnte, floß der Sambesi, in dessen feuchter Luft alles, was einem an Vegetation einfiel, wenn man an Afrika dachte, im Überfluß vorhanden war. Oder war es der Zaire, der in unerreichbarer Ferne lag und über den Bamberg vor kurzem erst, wenn er die Nächte über schlaflos in seinem Hotel lag, gelesen hatte, wie schwül und safrangelb das Wasser dort sei und wie an den schlammigen Ufern meilenweit, wie in einer Wüste, riesige Wasserlilien aufragen würden.

›Hier ist alles kahl‹, dachte Bamberg. ›Und die Luft ist dermaßen trocken, daß einem die Zunge zu schmerzen beginnt.‹

Er griff zur Reisetasche, kramte darin herum,

fand aber nicht, was er suchte. Er vermißte sein Handy, und das Fernglas hatte er offenbar auf dem Fensterbrett seines Hotelzimmers liegengelassen.

›Kein Wunder‹, dachte er, ›wenn man über Wochen hinweg von eben diesem Fenster aus den Strand beobachten muß.‹

Aber den Zettel hatte er, wie gewohnt, in der Brieftasche, und es beruhigte ihn, daß er ihn nicht, wie die Manuskriptseiten, aussortiert und auf die Abfallkörbe verteilt hatte.

›Wenn ich schon keine Gewißheit habe, will ich wenigstens etwas, das meine Einbildungskraft beflügelt, bei mir behalten‹, dachte Bamberg.

Er hatte Hunger, fand noch einen Sandwich, den er sich vor der Fahrt eingesteckt hatte. Er kaute daran herum, trank die Flasche Wasser leer, und irgendwann mußte er eingeschlafen sein. Als er die Augen wieder öffnete, war es Nacht. Er fröstelte, sah den Mond, der über dem Dickicht aufgegangen war, und der Köcherbaum, als hätte ihn jemand verrückt, stand nicht mehr zu seiner Rechten, sondern unmittelbar vor ihm.

›Wie ist das möglich‹, dachte Bamberg und lauschte auf die Geräusche um sich her.

Es gelang ihm nicht, sich in der Umgebung, die er vor kurzem noch mit dem Fernglas hatte überblicken wollen, zu orientieren, wohl auch, weil er in dem engen Auto saß und durch eine verschmutzte Scheibe sah. Aber er wußte, wenn er jetzt die Tür öffnen würde, um einen freieren Blick zu haben, es würde an der Stimmung, der er sich ausgesetzt sah, nichts ändern.

Er mußte sich eingestehen, wie leichtsinnig es gewesen war, die Straße zu verlassen und sich geradewegs in dieser Einöde zu verlieren. Er versuchte, den Motor zu starten, was auch gelang. Aber nach wenigen Sekunden war der Rest an Benzin, der sich im Vergaser angesammelt hatte, verbraucht. Er öffnete die Tür, um sie sofort wieder zuzuschlagen. Man sah, wie sich die Scheibenwischer in Bewegung setzten, und man sah, wie der Mond über dem Dickicht nicht an Höhe gewann, sondern allmählich und zuletzt immer rascher zu sinken begann.

Keine drei Minuten später war er verschwunden. Der Horizont verlor seinen schwachen Schein, so daß der Wagen von der Dunkelheit nicht mehr zu unterscheiden war. Die Geräusche wurden stärker, und zuletzt, als wäre es ein Versuch, die Übersicht, die verlorengegangen war, zurückzugewinnen, zuletzt flammten zwei Scheinwerfer auf. Und nun sah man, und in ein viel zu grelles Licht getaucht, noch einmal den Köcherbaum und einen Teil von dem Dickicht und daß dahinter eine freie Ebene war.

*Bitte beachten Sie
auch die folgenden Seiten*

Hartmut Lange
im Diogenes Verlag

Die Waldsteinsonate
Fünf Novellen

Novellen, die vom Zustand jener Unglücklichen erzählen, denen das Bewußtsein ein besonderes Verhäng-
nis war. Novellen über Friedrich Nietzsche, die Goeb-
bels-Kinder, Heinrich von Kleist und Henriette Vogel,
den Nihilisten Alfred Seidel und über eine Jüdin und einen SS-Mann, ihren Mörder.

Die Selbstverbrennung
Roman

Die Nachricht von der unfaßlichen Tat eines Pfarrers,
der sich während eines Gottesdienstes selbst verbrannt
hat, zieht die beiden Hauptpersonen des Romans auf
unterschiedliche Weise in ihren Bann. Sempert, der in
einem kleinen Dorf an der Elbe Ruhe sucht, um ein
Traktat zu schreiben, und Koldehoff, der Pfarrer dieser Gemeinde, der mit dem Gedanken kokettiert, es
dem Unglücklichen gleichzutun. Daß Koldehoffs
Tochter und Sempert sich ineinander verlieben, be-
stärkt diesen noch in seiner kritischer werdenden Hal-
tung gegenüber dem lebensfeindlichen Vernunftsden-
ken ... bis ein anderes Ereignis Sempert und Pfarrer
Koldehoff wieder auf ganz verschiedene Weise betrifft
und betroffen macht.

Das Konzert
Novelle

»Im Salon der Frau Altenschul treffen sich seltsame
Gäste: Es ist die jüdische Crème Berlins – und sie sind
ausnahmslos tot, von den Nazis umgebracht. Ihre post-
umen Zusammenkünfte dienen dazu, inmitten schö-

ner Dinge diesen gewaltsamen Tod, das häßliche Ende im Massengrab zu vergessen. Doch auch die Mörder zieht es dahin; draußen vor der Tür warten sie auf Sühne. Ein rührender Gedanke, um so mehr, als Erlösung für beide von der Musik kommen soll: Der junge Pianist Lewanski ist dazu ausersehen. Ein erstaunliches philosophisches Märchen, eine Kunst-Parabel um Schuld, Sühne und deren beider Überwindung: ein kleiner großer Wurf.« *Badische Zeitung, Freiburg*

Tagebuch eines Melancholikers
Aufzeichnungen der Monate
Dezember 1981 bis November 1982

»In diesen Aufzeichnungen von 1981/82 präsentiert sich Hartmut Lange als ein nachdenklich betrübter Deutscher, der im Blick auf Nietzsche, Schopenhauer, auf Alteuropas Bildungswelt die heutige karge Szenerie des ›Geisteslebens‹ besieht. Ein Mann denkt über deutsche Krisen heute nach. Sehr verhalten besonnen, ein Melancholiker mit Maß.«
Friedrich Heer/Die Furche, Wien

Die Ermüdung
Novelle

Alles fängt mit dem rätselhaften Tod seines Freundes Achternach an. Merten beschließt, dessen Witwe Gerda und ihren alten Vater in Berlin aufzusuchen. Das Wiedersehen weckt Erinnerungen: Gerda ist seine alte Jugendliebe. Merten bemüht sich zwar, die Witwe von ihrer Trauer abzulenken, doch insgeheim möchte er nur eines – seine Gerda wieder für sich gewinnen. Doch sie hält ihn mit ihrem seltsamen Verhalten auf Distanz. Sonderbare Dinge spielen sich ab. Gerda führt Selbstgespräche und entwickelt wahnhafte Ideen. Merten spürt, wie die bedrückende Atmosphäre des Hauses ihn langsam umschlingt. Rechtzeitig gelingt ihm der Absprung.

Vom Werden der Vernunft
und andere Stücke fürs Theater

Die Dramen dokumentieren einen doppelten Abschied: Ausgehend vom Hegelschen Rationalismus und Karl Marx' Sozialutopie, enden sie in der Melancholie über das Verschwinden jeder Vernunft und beschwören die Erinnerung an jene Gesellschaft, deren erklärter Gegner Lange war: an den märkischen Adel und an das Spätbürgertum.

»Lange ist fähig, Gedanken zu kritisieren, ohne dabei den Menschen, der sie äußert, zu verurteilen – es ist die kostbare Fähigkeit der Komödienschreiber.«
Georg Hensel /Frankfurter Allgemeine Zeitung

Die Wattwanderung
Novelle

Völlenklee, ein Buchhändler aus Berlin, versucht hartnäckig, seine Idee, eine Wattwanderung zu unternehmen, in die Tat umzusetzen.

»Mit der *Wattwanderung* hat Hartmut Lange sich eine Glaubenskrise von der Seele geschrieben und ein Zeitgefühl erfaßt. Er traut Welterklärungsmodellen nicht mehr. Mit seiner spröden, den Vorbildern Kleist und Büchner folgenden Sprache hält Lange seinen Weltschmerzensmann in kühler Distanz; keine neue Weinerlichkeit kommt auf, eine ungerührte Vivisektion findet statt, ›erbarmungslos‹ wie die Weite des Watts, in der sich Völlenklee schließlich verliert.«
Der Spiegel, Hamburg

Die Reise nach Triest
Novelle

Die Reise nach Triest ist nach *Die Ermüdung* und *Die Wattwanderung* der Schlußpunkt der Berliner Novellen-Trilogie.

»Ein spannendes Buch mit großer psychologischer Intuition, erzählt in einer knappen, fast lakonischen Sprache, die ohne jedes Pathos auskommt.«
Rheinische Post, Düsseldorf

Die Stechpalme
Novelle

Manfred Eichbaum, Verleger von Kunst- und Fotobänden, erhält anonyme Briefe. Der Verfasser kennt sich sehr gut aus in Eichbaums Leben, privat wie beruflich. Eichbaum, der seit fast einem Jahr an einem gebrochenen Schienbein laboriert, wird zunehmend verunsichert. Wer steckt hinter diesen Briefen?

»In unserer Literatur spielt auf dem Instrument der Novellenkunst heute keiner so meisterlich wie Hartmut Lange.«
Walter Hinck /Frankfurter Allgemeine Zeitung

Schnitzlers Würgeengel
Vier Novellen

Vier Novellen von sprachlicher Eindringlichkeit und Dichte: Herr Semmering · Schnitzlers Würgeengel · Die Mauer im Hof · Der Himmel über Golgatha. Verbunden sind diese Novellen durch ein ihnen voranstehendes Motto Martin Heideggers: »In der Unheimlichkeit steht das Dasein ursprünglich mit sich selbst zusammen.«

Der Herr im Café
Drei Erzählungen

Ein Schriftsteller, eine Schauspielerin und eine Sängerin sind die Hauptfiguren dieser drei Erzählungen, in denen Lange sich wie in allen seinen Texten einen Schritt außerhalb des gewohnten Raumes und der gewohnten Zeit bewegt – jenen Schritt außerhalb, der ihn zum hellwachen Beobachter des Alltäglichen wie des Geheimnisvollen macht.

»Die Erinnerung an das verblichene Genre der Künstlernovelle spukt durch die drei neuen Erzählungen von Hartmut Lange, deren Reiz darin liegt, daß sie den Anschein erwecken, sich nostalgisch dieser Erinnerung hinzugeben, während sie versteckt mit ihr spielen.«
Lothar Baier / Süddeutsche Zeitung, München

Eine andere Form des Glücks
Novelle

Kippenberger ist renommierter Statiker im Berlin der Gegenwart und arbeitslos. Doch nicht sein fehlender Job, sondern seine Freundin Corinna läßt seine Welt ins Wanken geraten. Wie kann es sein, daß sie von einer Minute auf die nächste plötzlich verschwindet? Was für eine eigenartige Form des Lebens führt sie, welches besondere Glück ist ihr beschieden? Auf subtile Art betreibt Lange ein rätselhaftes und tiefgründiges Spiel mit räumlichen und Erzählperspektiven.

Die Bildungsreise
Novelle

Müller-Lengsfeldt, Kunsterzieher aus Berlin, möchte im Dunstkreis von Johann Joachim Winckelmann das Alte Rom entdecken. Doch unbegreifliche Ereignisse stören den reinen Kunstgenuß. Und das Vorbild selbst, Winckelmann, entpuppt sich als widerspruchsvolle Gestalt mit einem rätselhaften Doppelleben. Was als beschauliche Bildungsreise begann, entwickelt zunehmend die Qualität eines metaphysischen Thrillers.

»Vielleicht ist das auch der Zauber von Langes Büchern: daß der Leser sanft hineingezogen wird in die Psyche anderer Menschen und sich gerade dort, im Fremden, unversehens mit sich selbst konfrontiert sieht.«
Susanne Schaber / Österreichischer Rundfunk, Wien

Das Streichquartett
Novelle

Eigentlich ist Schönbergs 4. Streichquartett Opus 37, an dem Berghoff unermüdlich probt, nicht gerade geeignet, seinen ohnehin angespannten Geisteszustand zu beruhigen. Ebensowenig wie die Tatsache, daß seine Frau Elisabeth mit den Töchtern zu einer Erholungsreise aufgebrochen ist, die kein Ende nehmen will. Als dann plötzlich – Traum eines jeden Geigers – eine wertvolle Mittenwalder Geige in seiner verlassenen Wohnung steht, nimmt ein Alptraum seinen Lauf.

»In Hartmut Langes Erzählungen entfaltet sich der Sog unheimlichen Geschehens über eine schnörkellose, nüchterne Sprache. Sachlich im Detail, das Unerkläriche berichtend, als sei es mit unbestechlicher Klarheit erkannt, so erscheint selbstverständlich und keiner Begründung nötig, was doch zutiefst unverständlich ist.«
Annelie Kaduk / Berliner Zeitung

Irrtum als Erkenntnis
Meine Realitätserfahrung
als Schriftsteller

Irrtum als Erkenntnis – eine intellektuelle Autobiographie, die sich mit den prägenden Ideologien und Glaubensfragen des 20. Jahrhunderts auseinandersetzt. Teil I beschreibt den Bildungsweg eines Außenseiters in der DDR, Teil II versammelt Essays und Aphorismen von kristalliner Schönheit und Gedankenschärfe. Teil III umfaßt drei Vorträge, die im wesentlichen um Sinn und Aufgabe von Kunst und Wissenschaft heute kreisen.

»Wenn Vollendung nicht mehr von der Geschichte zu erwarten ist, rettet sie sich in die Kunst. Darum sucht Hartmut Lange vollendete Sätze und Texte zu schreiben: jeder Satz schlicht und präzis, konzentriert aufs Nötigste, mit Meisterschaft des Weglassens, von äu-

ßerster Intensität und wie eingebrannt in seinen Kontext.«
Odo Marquard / Frankfurter Allgemeine Zeitung

»Literatur gegen den Lärm des Zeitgeistes.«
Hans Jansen / Westdeutsche Allgemeine Zeitung, Essen

Gesammelte Novellen
in zwei Bänden

»Es bedarf in allen Novellen Hartmut Langes nur einer kleinen, unerhörten Begebenheit, und die sorgfältig berechnete Statik des engen bürgerlichen Lebens gerät aus dem Lot. Lange liefert ein Höchstmaß an literarischem Realismus und durchsetzt ihn mit rätselhaften Ereignissen, die wie kleine Drehungen an der Schraube dafür sorgen, daß seine Geschichten eine Spur gegen die Wirklichkeit versetzt werden.«
Elmar Krekeler / Die Welt, Berlin

Leptis Magna
Zwei Novellen

Auf zu neuen Ufern – doch zu welchen? So könnte das gemeinsame Motto dieser beiden meisterhaften Novellen, *Der Umzug* und *Leptis Magna*, lauten. Sie handeln von Krisen und Lebenslügen, von der Balance zwischen Bodenhaftung und Selbstverlust, von Bindungsängsten und dem Sog der Selbstauflösung. Zwei Novellen von irritierender Schönheit und von geradezu metaphysischer Transparenz.

»Mit Spürsinn allein kommt man dem Geheimnis der Novelle nicht näher, es gibt einen Text jenseits der Schrift, die Atmosphäre, den Raum, in dem sich die Leidenschaften und unausgesprochenen Heimlichkeiten ereignen. Dafür sucht Lange, der Kriminalist der Abgründe, seine ganz und gar eigene Sprache, die nichts zu Ende erklärt, aber Leerstellen einkreist.«
Anton Thuswaldner / Süddeutsche Zeitung, München